Sur invitation

Deuxième édition

Ouvrage publié originellement par Simon Pulse,
une marque de Simon & Schuster Children's Publishing Division
sous le titre :
Invitation only

18, rue Barbès, 92128 Montrouge Cedex
ISBN : 978-2-7470-2182-1
Dépôt légal : avril 2008.
Loi n°49-956 du 16 juillet 1949 sur les publications destinées à la jeunesse.

Kate Brian

Sur invitation

Traduit de l'anglais (États-Unis) par Sidonie Van den Dries

bayard jeunesse

Kate Brian est l'auteur de nombreux romans pour adolescents, dont *Une princesse peut en cacher une autre*, chez Bayard Jeunesse, collection Millézime.

K. B. remercie pour leur soutien :
À A.E. : L.W., J.B., L.M., B.S., M.F., R.D.
À S.P. (et autres) : E.M., A.B., S. W, J.Z., C.B.,
et, comme toujours, M.V.

Whittaker

La nuit était froide et d'un noir d'encre, sans lune ni étoiles. Le vent, qui soufflait en rafales, arrachait aux arbres un déluge de feuilles humides de rosée à l'aspect visqueux, répugnant. Alors qu'une nouvelle bourrasque s'engouffrait dans le sous-bois, je serrai mon manteau contre moi et rentrai la tête dans les épaules en frissonnant.

– Au secours ! J'en ai une dans le cou ! cria soudain Taylor Bell.

Elle tenait d'une main la bouteille de vodka qu'elle n'avait pas lâchée de la soirée. De l'autre, elle se frotta le dos, en vain. Une grande feuille d'érable jaune s'était plaquée sur sa nuque, couvrant en partie ses boucles blondes.

– Retirez-moi ça ! glapit-elle.

Taylor, qui buvait d'ordinaire assez modérément, avait ce soir-là absorbé de l'alcool sans retenue, comme si c'était un nectar divin. Avait-elle, comme beaucoup d'autres, éprouvé le besoin d'oublier le week-end des parents, qui s'était achevé en fin d'après-midi par une cérémonie dans la chapelle de l'académie d'Easton ? M. et Mme Bell m'avaient pourtant paru sympathiques, et Taylor très à l'aise en leur présence. Peut-être avait-elle un autre sujet de contrariété...

– Retirez-moi ça ! gémit-elle de nouveau. Les filles !

– Ne me regarde pas, fit Kiran Hayes en inclinant sa flasque d'argent d'un geste distingué. Je sors tout juste d'une exfoliation à la paraffine.

Elle ramena son long manteau en cachemire sur ses genoux et le maintint en place.

Kiran, le premier top model qu'il m'ait été donné de rencontrer, une fille sublime, venait toujours de se faire faire quelque chose. Des mèches plus claires, plus sombres, une dermabrasion, un bain d'algues, une épilation des sourcils... Ces termes barbares m'évoquaient autant de tortures, mais, visiblement, le jeu en valait la chandelle.

Noëlle Lange leva les yeux au ciel et débarrassa Taylor de la feuille qui couvrait sa nuque.

– Ah, les *prima donna* ! dit-elle, moqueuse.

Elle jeta la feuille, qui tomba devant le rocher plat où était assise Ariana Osgood. Ariana la contempla un instant, comme captivée. Un souffle de vent souleva ses longs cheveux blonds presque blancs, et elle inclina la tête en arrière avant de fermer les yeux de plaisir.

Je traversai la clairière pour aller prendre une troisième bière dans la glacière et je regardai le tableau qu'elles offraient comme un anthropologue étudierait une tribu inconnue. J'éprouvais une véritable fascination pour les filles Billings depuis le soir où je les avais aperçues par la fenêtre de ma chambre, un mois plus tôt. Je logeais alors dans le dortoir des secondes, au cinquième étage du bâtiment Bradwell. Mon attirance pour ces quatre filles, qu'on disait inaccessibles, n'avait fait que grandir avec le temps. Si j'avais craint au début de ne pouvoir les approcher, ce sentiment avait été de courte durée. Les filles Billings étaient mes amies désormais. Mes nouvelles camarades de dortoir. C'est avec elles que je faisais la fête dans les bois, à la lisière du campus. En toute illégalité.

J'avais gravi pas mal d'échelons depuis mon arrivée à Easton. Cependant, si quelqu'un m'avait demandé de lui raconter par quel moyen j'en étais arrivée là, je n'aurais pas su lui répondre. Tout récemment, j'avais cru m'être attiré les foudres des quatre filles en renonçant à rompre avec mon petit ami, Thomas Pearson, qu'elles détestaient. Bravant leur interdiction, j'avais promis à Thomas de le soutenir et de l'aider à régler son problème d'alcoolisme. Apparemment, en leur tenant tête, je les avais impressionnées, et elles avaient décidé de m'accueillir parmi elles.

J'ignore comment je m'y étais prise, mais le résultat était là et je ne pouvais que m'en féliciter. Grâce à mes nouvelles camarades, j'espérais tirer un trait sur mon passé et me bâtir un avenir digne de ce nom. Contrairement à la plupart des jeunes de Croton, au fin fond de la Pennsylvanie, je ne serais pas condamnée à retrouver ma ville natale après deux ans de fac minable, pour briguer un poste d'assistante de direction au supermarché du coin. Avec de telles amies, et grâce à leurs relations, je pourrais essayer de faire autre chose de ma vie. Entrer dans un monde dont je m'étais jusque-là contentée de rêver. Un monde fait de succès, de privilèges et de liberté...

– Ça va, Reed ? me lança Noëlle en secouant ses longs cheveux bruns. Si tu as envie de boire autre chose, demande à Kiran. Elle sera ravie de te faire son mélange spécial, rien que pour toi !

Ses yeux pétillaient de malice et je devinai qu'elle m'avait surprise en pleine contemplation. Je ne voulais pas paraître ingrate, après avoir été invitée à cette soirée, après tout ce qu'elles avaient fait pour moi. J'appréciais que Noëlle m'offre enfin quelque chose, plutôt que d'exiger que je la serve, comme ses camarades et elle n'avaient cessé de le faire depuis plus de trois semaines. Toutefois, je déclinai sa proposition :

– Non, merci ! dis-je, en soulevant ma bouteille. J'ai ce qu'il me faut.

J'ouvris la bouteille à l'aide du décapsuleur rouillé et sirotai une petite gorgée, consciente que Noëlle me fixait toujours. En début de soirée, j'avais bu la première bière de ma vie en m'efforçant de ne pas garder le liquide en bouche assez longtemps pour sentir son amertume. J'entamais à présent la troisième, et son goût commençait à me plaire.

Une nouvelle rafale souffla entre les arbres, et je me frottai les bras pour me réchauffer. Je m'apprêtais à rejoindre les filles de l'autre côté de la clairière quand, soudain, la conversation des garçons assis autour du feu prit un tour différent. Je tendis l'oreille.

– Si vous voulez mon avis, disait Dash McCafferty, ça va rester dans les mémoires comme une des plus grandes disparitions de tous les temps.

– Il est peut-être chez sa grand-mère à Boston, suggéra Josh Hollis.

Dash haussa les épaules :

– Ça m'étonnerait. J'imagine que ses vieux ont déjà fait une descente chez la vieille bique.

Thomas. Ils parlaient de Thomas ! Dire que, la dernière fois que j'étais venue dans ces bois, il y était aussi ! Depuis quarante-huit heures, nul n'avait vu Thomas Pearson. Il avait quitté le campus sans prévenir personne et, d'après Josh Hollis, son camarade de chambre, sans emporter aucun vêtement. Même pas son T-shirt noir préféré ! Vendredi matin, juste avant de disparaître, Thomas m'avait juré qu'il m'aimait et m'avait fait promettre de le soutenir quoi qu'il arrive...

Josh ne répondit pas et se mit à fixer les flammes. Que savait-il de moi ? De ma relation avec Thomas ? Ce dernier lui avait-il confié que nous nous étions retrouvés en tête à tête dans leur chambre ? Je l'ignorais, et je ne connaissais pas assez Josh pour le questionner. Cependant, chaque fois que je le voyais, je me demandais s'il était au courant et cette pensée me mettait au supplice. Il n'aurait plus manqué que tout le lycée découvre que j'avais perdu ma virginité avec un mec aussi peu fréquentable que Thomas Pearson. Un garçon plein de charme, mais clairement déséquilibré, qui était aussi le mec le plus populaire d'Easton, et pour cause : comme je l'avais appris récemment, il fournissait en drogue tout le campus. Une information que j'avais encore du mal à digérer !

Josh but une gorgée de bière. Il avait le visage tellement enfantin que c'était presque choquant de le voir porter cette bouteille à sa bouche. Ses boucles blondes dansaient dans le vent. Il portait une longue écharpe à rayures et une veste en velours côtelé marron sur un T-shirt couleur rouille. Il avait un côté artiste, créatif qui me plaisait. J'aimais bien aussi sa voix claire, qui me permettait de l'entendre sans avoir l'air de l'écouter.

– Et dans leur maison de Vail ? proposa-t-il.

– Mec, Pearson ne se planque pas dans un endroit évident, crois-moi ! dit Dash en reniflant.

Je songeai que pour un mec aussi beau – traits fins, cheveux blonds et allure de mannequin Abercrombie –,

Dash manquait vraiment de distinction. Il cracha dans le feu et prit une gorgée de bière.

– Très élégant, Dash ! lui cria Noëlle de loin.

– Merci, ma chérie ! fit-il avant de revenir au sujet qui l'occupait : Quand je pense qu'ils ont prévenu la police locale. C'est n'importe quoi ! Si Pearson crèche quelque part, c'est à New York.

– Tu crois ?

L'espoir qui filtrait dans la voix de Josh raviva le mien.

– Tu déconnes ? intervint Gage Coolidge.

Gage était un grand maigre aux cheveux bruns coiffés en brosse. Du genre excessivement soucieux de son apparence, il semblait tout droit sorti d'un *boys band*.

– Thomas Pearson est en train de bien se foutre de notre gueule, lança-t-il. Il a toute la côte Est à ses trousses, et pendant ce temps-là je parie qu'il fait la fête quelque part, complètement déchiré.

– Ouais, peut-être..., fit Josh en mordant l'intérieur de sa joue.

– Peut-être ? répéta Dash. Non, crois-moi : Halloweeen est dans moins d'un mois. Et tu sais ce que ça veut dire...

– L'Héritage ? dit Josh.

– Exactement !

Dash décolla un doigt de sa bouteille et le tendit vers son interlocuteur.

– Pearson ne voudra pas manquer ça. S'il n'y ramène pas ses fesses, je me fais moine.

– Woah, mec, t'es sérieux ? siffla Gage.

– Absolument !

– C'est vrai, dit Josh en hochant la tête. Pearson, c'est l'Héritage à lui tout seul.

« L'Héritage » ? De quoi parlaient-ils ? Je quittai l'arbre contre lequel j'étais adossée pour aller me renseigner auprès de Noëlle, mais Natasha Creenshaw me barra la route.

– Reed ! Où vas-tu ? fit-elle en me passant un bras sur les épaules.

Je me raidis, me demandant à quoi elle jouait. Natasha Creenshaw était ma nouvelle camarade de chambre. J'avais pris à Billings la place de sa meilleure amie, Leanne Shore, renvoyée pour avoir triché à un examen. Cette histoire toute récente avait causé un véritable électrochoc parmi les autres élèves. Quant à Natasha, furieuse d'avoir perdu sa confidente, elle me toisait avec méchanceté depuis que j'avais déballé mes affaires, la veille. D'où mon étonnement.

– Ça va ? lui demandai-je.

– Très bien !

Elle était si proche de moi que la blancheur de ses dents m'aveuglait presque. Avec sa peau sombre, ses cheveux noirs et ses formes généreuses, Natasha me faisait un peu penser à Tyra Banks. Moi qui avais une silhouette plutôt masculine, je m'étonnais de l'aisance avec laquelle elle promenait de tels attributs. Elle pressa son corps voluptueux contre le mien, et son contact me fit rougir.

– Je voudrais m'excuser d'avoir été aussi peu accueillante avec toi, dit-elle en m'attirant à l'écart. Je suis encore contrariée par le renvoi de Leanne, et je t'en ai rendue responsable malgré moi. Ce n'est pas sympa de ma part. Est-ce que tu me pardonnes ?

L'autre caractéristique de Natasha était son franc-parler, la façon qu'elle avait de se livrer sans détour. C'était la seule fille de ma connaissance qui semblait ne rien avoir à cacher.

– Oui... bien sûr, dis-je, hésitante.

– Tant mieux ! Parce que je voudrais vraiment qu'on devienne amies, conclut-elle en me prenant la main.

Elle avait une expression si fervente que je ne pus m'empêcher de sourire, mi-amusée, mi-ravie.

– D'accord. Moi aussi !

– Super ! s'écria Natasha.

Elle sortit un minuscule appareil photo numérique de sa veste de cuir noir et le tint d'une main, tandis qu'elle m'enlaçait de l'autre :

– Souris !

J'obéis et, une seconde plus tard, le flash m'éblouit. Des taches violettes envahirent mon champ de vision.

– Un classique, déclara Natasha en consultant l'écran minuscule.

– Cool.

Je regardai derrière elle. Josh et les autres s'étaient mis à discuter à voix basse. Je me demandai s'ils parlaient encore de Thomas, et s'ils me laisseraient prendre part à leur conversation.

– Je... je reviens, dis-je.

J'avais à peine fait quelques pas, lorsque tous les garçons levèrent les yeux vers moi et s'exclamèrent :

– Whittaker !

Je sursautai et manquai de tomber à la renverse.

– Quoi ?

– Messieurs ! Mesdemoiselles ! Mes chers amis ! fit une voix de stentor derrière moi. Ça me fait chaud au cœur de vous voir tous rassemblés ici, comme au bon vieux temps !

Je me retournai et découvris le type le plus massif que j'avais jamais vu, sauf peut-être dans une équipe de football américain. Il mesurait un bon mètre quatre-vingt-dix, et devait peser dans les cent trente kilos. Cependant, il déplaçait tout ce poids avec une certaine allure, les épaules en arrière et la démarche assurée. Il avait les joues roses, des lunettes rondes et une coupe d'adulte : les cheveux en brosse dressés sur le front et gominés à l'arrière. Il traversa la clairière en quelques enjambées, salua au passage les filles Billings d'un signe de tête très aristocratique, avant de tendre une main pour frapper les paumes de Dash, Gage, Josh et les autres.

– Comment vous portez-vous tous, par cette belle soirée ? s'enquit-il d'une voix tonitruante.

Il tendit les mains au-dessus du feu et les frotta énergiquement.

Qui était ce type, qui semblait tout droit sorti d'un roman de Jane Austen ?

– Comment c'était en Asie ? lui demanda Gage. Est-ce que la bouffe chinoise est vraiment meilleure en Chine ?

Une nouvelle rafale m'empêcha d'entendre la réponse de Whittaker, qui déclencha pourtant un éclat de rire général. Les garçons se rassemblèrent autour de lui, hilares et les yeux pétillants. On aurait dit que le Père Noël venait d'entrer dans une classe de maternelle. Je partis retrouver les filles Billings d'un pas hésitant. J'avais l'impression de marcher au ralenti.

– Tiens, Reed ! Je commençais à croire que tu nous avais oubliées ! dit Noëlle avant de boire une gorgée au goulot de sa bouteille.

Noëlle était la seule fille Billings qui buvait de la bière, et c'était ce qui avait motivé mon choix. Les autres consommaient un cocktail maison, que Kiran avait concocté à partir de toutes les bouteilles qu'elle avait pu se procurer.

– Qu'est-ce qu'il y a ? insista Noëlle. Tu es de nouveau amoureuse ?

– Hein ?

– Tu n'arrêtes pas de regarder Whittaker ! ajouta Kiran, les yeux brillants. Excellent choix !

– Je ne le fixe pas, me défendis-je. Je suis juste... Qui est-ce ?

– Whittaker ? fit Noëlle. Ah, c'est un type unique !

Elle jeta un coup d'œil à ses amies et un sourire se dessina sur ses lèvres.

– D'ailleurs, je pense que tu devrais faire sa connaissance.

Elle se leva, me saisit le poignet et m'entraîna dans la clairière sans me laisser le temps de protester.

– Whit ! Hé, Whit ! cria-t-elle en lui faisant de grands signes avec sa bouteille. C'est la fille dont je t'ai parlé !

Sur ces mots, elle me projeta de toutes ses forces vers Whittaker. Surprise, je vacillai et projetai les mains en avant pour amortir ma chute. Je me retrouvai contre son large torse et, bien entendu, tous les mecs éclatèrent de rire. Whittaker mit doucement ses mains sur mes épaules pour me stabiliser.

– Ça va ? me demanda-t-il en fixant sur moi des yeux d'un brun chaleureux.

– Ouais, fis-je, gênée.

« Hé, minute ! Noëlle a bien dit que j'étais la fille dont elle lui avait parlé ? Qu'a-t-elle bien pu lui raconter ? »

– Je m'appelle Walt Whittaker, dit-il. Mais mes amis m'appellent Whittaker tout court, ou Whit. C'est comme tu préfères.

– Reed Brennan, fis-je en lui serrant la main.

Elle était chaude et étonnamment douce.

– Alors, Reed, si j'ai bien compris tu es nouvelle à Easton... Bienvenue !

Le timbre de sa voix me caressa agréablement les tympans. Il avait quelque chose de réconfortant, de familier.

– Pas toi ? lui demandai-je.

De nouveau, tout le monde éclata de rire. Même l'intéressé.

– Oh non ! dit-il. Ma famille étudie ici depuis plusieurs générations. J'étais seulement en vacances avec mes parents. Nous revenons d'Asie : Chine, Singapour, Hong-Kong et Philippines... Est-ce que tu voyages, Reed ?

Non. Sauf si on comptait les visites à Hershey Park[1], qui remontaient à l'époque où je portais encore des pulls roses.

– Pas vraiment, dis-je.

Il me regarda pendant un long moment, comme s'il avait du mal à croire ce que je venais de dire. Je commençais à avoir chaud, sous les projecteurs.

– C'est dommage, dit-il enfin. On n'apprend vraiment à se connaître que lorsqu'on a vu le monde, tu sais...

Je cherchais désespérément la repartie qui ne me ferait pas paraître trop godiche, quand Gage saisit l'épaule de Whittaker par derrière.

– Viens par là, mec ! On était en train de parler de l'Héritage. Il faut que tu nous dises ce que tu sais.

Whittaker eut un rictus suffisant.

1. Un parc d'attractions situé en Pennsylvanie.

– Ah, l'Héritage. Ça recommence !

L'Héritage. Une nouvelle fois, je me demandai de quoi il s'agissait. Je fus un instant tentée de poser la question, mais, comme tout le monde semblait au courant, j'allais encore passer pour une novice, étrangère à leur monde. Je décidai donc de me taire, espérant en apprendre davantage avec le temps.

– Je pense que nous aurons l'occasion de reprendre cette conversation, me dit Whit.

– Euh... oui.

Gage entraîna Whittaker à l'écart et Noëlle s'approcha de moi.

– Alors ? Ça y est, tu l'as ensorcelé ?

– Tu lui as vraiment parlé de moi ?

Elle haussa les épaules.

– Ouais. Je me suis dit que vous vous plairiez peut-être. Whit pourrait être bien pour toi. Il est très... cultivé.

J'ignorai l'insulte.

– Noëlle, je sors avec Thomas, au cas où tu l'aurais oublié.

Je savais tout le mal qu'elle pensait de notre liaison, mais la mystérieuse disparition de Thomas avait fait passer ce problème à l'arrière-plan.

L'expression de Noëlle se durcit.

– Ah oui, c'est vrai ! Et Thomas est... où donc, déjà ? demanda-t-elle en promenant son regard alentour.

– Je... je ne sais pas, murmurai-je, une boule dans la gorge.

Derrière elle, je vis approcher Ariana, Kiran et Taylor. Visiblement, notre petit aparté les intriguait.

– Précisément ! reprit Noëlle. C'est quoi, ce mec qui disparaît sans prendre la peine de te dire où il va ?

Elle roula les yeux et but une nouvelle gorgée de bière, me laissant méditer sur sa question.

– Écoute, ajouta-t-elle enfin. Whit est un type super. C'est un mec gentil.

– Contrairement à d'autres ! ironisa Kiran.

Malgré la disparition inexpliquée de Thomas, elles le traitaient toujours avec le même dédain. Elles ne l'avaient jamais aimé, et elles ne l'aimeraient jamais.

– En plus, ajouta Ariana, Whit peut te procurer des choses. Des choses auxquelles tu n'aurais pas accès, autrement.

– Me procurer des choses ?

Elle piquait ma curiosité. Ariana fixa Whit de ses yeux bleu pâle et je me demandai s'il le sentait. Si ce regard lui donnait la chair de poule, comme à moi.

– Quel genre de choses ? demandai-je.

– Un avenir, par exemple, fit Kiran en reniflant.

– Kiran ! la réprimanda Ariana.

– Va lui parler, c'est tout ce qu'on te demande, reprit Noëlle. On ne te force pas à l'épouser.

Je soupirai et terminai ma bière sans cesser d'observer Whit du coin de l'œil. Il avait l'air gentil, en effet. Poli et plus mûr que les garçons de son âge. En plus, les autres l'appréciaient, c'était évident. Certes, il était un peu gros, mais qui étais-je pour le juger ?

– Apporte-lui ça, dit Kiran en me tendant une flasque de son mélange spécial. Whittaker adore mes recettes.

Je pris la bouteille lisse et glacée en me disant que je devrais peut-être donner sa chance à un mec approuvé par les filles Billings. Après tout, j'étais l'une d'elles désormais. Il était temps que je commence à me comporter en conséquence.

Ébriété

– C'est très instructif de vivre parmi les autochtones, tu sais, me dit Whittaker tandis que nous quittions la clairière. Ils ne possèdent rien. Rien qu'un bol en bois et un peu de riz à mettre dedans... Mais ils ont du courage. Un courage étonnant !

– Alors, tu as dormi dans leur village ? demandai-je en m'appliquant à regarder où je posais les pieds. C'est super !

J'en étais à ma quatrième bière et je commençais à voir un peu flou. Qui avait eu l'idée de cette petite promenade en tête à tête ? Lui ? Moi ? Noëlle ? La mémoire me faisait défaut.

– Oh non ! dit Whit. Nous sommes rentrés à l'hôtel, bien sûr. Tu n'imagines pas le nombre de maladies qu'on peut attraper dans un endroit pareil !

– Ah... Je croyais que tu avais vécu avec eux, soulignai-je, un rien ironique.

Au même instant, mon pied buta dans un rocher. Je trébuchai, me tordis la cheville et m'affalai sur le côté, contre Whittaker.

– Oh, pardon !

– Est-ce que tu te sens bien ? s'enquit-il.

Il employa ses deux gros bras à me remettre d'aplomb. Autour de moi, les arbres oscillaient dangereusement. Je m'éclaircis la gorge avant de répondre :

– Oui, pas trop mal.

– Tu veux t'asseoir ?

À présent, c'était le sol qui tanguait. Qui avait prétendu que c'était amusant d'être saoul ? Pour ma part, je trouvais cela plutôt désagréable. J'avais le cœur au bord des lèvres.

– Ouais, ça vaudrait mieux, dis-je.

Whittaker me conduisit jusqu'à un rondin qui devait se trouver là depuis un siècle, car il était couvert de mousse et de lierre. Il m'aida à m'asseoir et, lorsque j'eus trouvé un semblant d'équilibre, il me lâcha. Je posai une main sur l'écorce froide et rugueuse pour éviter de tomber à la renverse et envoyai mes cheveux dans mon dos. Whittaker sourit. Il s'assit près de moi et contempla mon visage.

– Noëlle ne m'a pas menti, dit-il. Tu es vraiment très belle. Une beauté classique. Tu me fais penser à Grace Kelly.

– Grace qui ?

Le sourire de Whittaker s'accentua.

– C'était une actrice... et une princesse. En fait, son histoire est étonnante. Elle est devenue très célèbre à Hollywood avant d'épouser un prince en Europe...

– Sympa ! commentai-je, le regard trouble.

Je levai ma bouteille pour trinquer.

– ... Puis elle est morte dans un terrible accident de voiture, termina Whittaker.

– Oh. Super. Merci beaucoup.

Whit rougit et détourna le regard.

– Tu en veux ? me demanda-t-il en indiquant sa flasque.

Quelque part au fond de mon cerveau, une alarme se déclencha pour m'avertir qu'il était risqué de continuer à boire. Puis je me rappelai que Kiran avait mis du jus de fruits dans sa préparation et je décidai d'y goûter, sous prétexte que j'avais besoin de vitamines...

– Oui, dis-je. Pourquoi pas ?

En me baissant pour poser ma bouteille vide, je basculai et faillis plonger en avant. Mes paumes rencontrèrent brutalement le sol glacé et je fis un effort surhumain pour me rétablir. Hélas, mon équilibre était précaire. Lorsque je tendis la main pour prendre la flasque, je m'écroulai dans les bras de Whittaker. Je fermai les yeux, embarrassée, et achevai de perdre mes repères.

– Désolée, dis-je.

– Ça va aller, répondit Whittaker. Attends, je t'aide.

Il passa son bras solide autour de ma taille et je me sentis aussitôt rassurée ; moins bancale, en tout cas. Je débouchai la flasque et bus une longue lampée d'alcool. Mmmmmm. Le Hayes spécial était un régal... et Whittaker était si chaud ! Je fermai les yeux pour savourer l'instant, avant d'incliner de nouveau le flacon. Et soudain je me retrouvai prise dans un tourbillon. J'eus un hoquet de surprise ; le liquide fit fausse route et je m'étranglai, pulvérisant de l'alcool tout autour de moi.

– Ça va ? me demanda Whittaker.

– Oui, oui, très bien ! fis-je, pliée en deux.

Il tira de sa poche un mouchoir, qu'il me tendit. Je toussai dedans et m'essuyai le visage. Le mouchoir était doux, sentait le musc et était brodé à ses initiales. Décidément très vieux jeu... mais ça n'avait rien de surprenant.

– Je suis désolée ! dis-je en reprenant enfin ma respiration.

Je voulais lui rendre le mouchoir, mais il ferma sa main sur la mienne.

– Garde-le. Il est à toi.

Je rougis et reniflai.

– Tu dois me trouver lamentable...

Il me regarda dans les yeux.

– Absolument pas ! Je te trouve extraordinaire, au contraire.

Sur ces mots, il se pencha en avant et m'embrassa. Mon sang ne fit qu'un tour et j'identifiai aussitôt le problème : ce n'était pas avec Walt Whittaker que j'aurais dû échanger des baisers, mais avec Thomas. Thomas, mon petit ami. Si seulement j'avais su où le trouver...

Des images en gros plan affluèrent sous mes paupières. Thomas. Les lèvres de Thomas. Les mains de Thomas. Les doigts de Thomas. La peau douce de Thomas...

Et, soudain, je me retrouvai en train de l'embrasser. Sa bouche chaude et tendre contre la mienne ; ses bras minces et musclés m'enlaçant. Malgré tout le mal qu'il m'avait fait avant de disparaître, il me manquait terriblement.

Dans un demi-délire, j'enlaçai le cou épais de Whit. Il prit aussitôt de l'assurance. Collant avec brusquerie sa bouche sur la mienne, il lui imprima un étrange mouvement de va-et-vient, comme s'il essayait d'allumer un feu avec nos lèvres. Quelle horreur ! Espérant calmer ses ardeurs, je pris son visage entre mes mains. Il dut y voir un signe d'encouragement, car soudain sa langue fut partout, écartant mes lèvres et forçant le passage entre mes dents.

Il était d'une maladresse désarmante. Je voulus le repousser, mais me ravisai de crainte de l'humilier. Avec un peu de chance, il ferait des progrès fulgurants ; ou alors il s'emmêlerait les pinceaux et arrêterait de lui-même.

J'en étais là de mes pensées quand sa grande main atterrit sur un de mes seins et se mit à le presser comme une orange. Brusquement, Thomas se présenta à mon esprit aussi nettement que s'il s'était trouvé devant moi en chair et en os, avec son sourire irrésistible. Je revis ses caresses, crus sentir de nouveau la douceur de sa peau contre la mienne. Qu'est-ce que je fabriquais ? Qui était ce type qui me tripotait comme un mannequin d'exercices de réanimation ?

Je sentis venir un haut-le-cœur et je retins ma respiration. Au secours ! J'allais vomir. Dans la bouche de Walt Whittaker !

Dans un sursaut de volonté, j'appliquai mes mains sur ses épaules et le repoussai de toutes mes forces. Puis je me détournai sans lui laisser le temps de protester, m'agenouillai et vomis sur le tapis de feuilles, derrière notre rondin. Les yeux me piquaient, j'avais la gorge en feu et mon ventre était secoué de spasmes douloureux. Whittaker s'éloigna pour me laisser un peu d'intimité. Encore heureux ! Il n'aurait plus manqué que le mec que je venais d'embrasser me voie vomir.

– Ça va ? me demanda-t-il au bout d'un moment, lorsque je me calmai enfin.

C'était la phrase du jour !

Je hochai lentement la tête, trop honteuse pour parler.

– Je peux te raccompagner à Billings ?

Je hochai de nouveau la tête. Whittaker m'offrit ses mains pour m'aider à me relever et nous nous dirigeâmes vers la clairière. Chemin faisant, il me passa un bras sur les épaules et je me laissai aller contre lui, aussi molle qu'un spaghetti trop cuit. Tous les autres nous regardaient. Je préférais ne pas imaginer de quoi j'avais l'air. Un bref instant, mon regard flou tomba sur Josh. Il avait une mine sinistre.

– Oh, les amoureux ! fit Noëlle avec un sourire ravi.

Je vis Josh détourner précipitamment la tête et boire à la bouteille.

– Je la raccompagne, annonça Whittaker, très fier.

– C'est sympa, marmonna Dash.

– Prends soin de notre protégée, lui recommanda Noëlle en lui tapotant le dos.

Si j'en avais eu la force, j'aurais sans doute esquissé un sourire. Honteuse, écœurée comme je l'étais, j'avais malgré tout remarqué que j'avais fait plaisir à Noëlle. C'était déjà ça...

Cendrillon

Ma première pensée fut pour l'infect goût de putréfaction dans ma bouche, aussi sèche que si j'avais saupoudré ma langue de talc. La seconde fut pour la douleur fulgurante qui me vrillait le crâne. La troisième pour mon corps transi de froid. La quatrième pour le vacarme. « Blam ! Blam ! » Un bruit régulier, atroce, incessant.

– Debout, Nouvelle ! Il est six heures passées. Le monde appartient à ceux qui se lèvent tôt !

Chaque nouveau « blam » résonnait dans mes tempes et s'accompagnait d'une salve de douleur.

Je me forçai à ouvrir les yeux, clignai plusieurs fois des paupières pour humecter ma cornée douloureuse avant de reconnaître devant moi le mur crème de ma chambre. Au-dessous de moi, il y avait mon matelas. Tout le reste n'était que chaos.

– Allez, marmotte ! Les vacances sont terminées ! Sors de ce lit !

C'était Noëlle qui hurlait par-dessus le vacarme. Je me tournai brusquement sur le dos, et la douleur faillit m'aveugler. Je fis un bref tour d'horizon et ravalai un soudain afflux de bile. Noëlle n'était pas seule au-dessus de moi. Il y avait aussi Kiran, Taylor, Ariana, Natasha et quatre autres filles Billings que je fus incapable de nommer, dans mon semi-coma.

Kiran frappait sur un tambourin métallique avec une paire de ciseaux. Taylor, les yeux creusés et bordés de rouge, brandissait un aspirateur de table avec un air farouche. Natasha, debout au pied de mon lit, tenait mes couvertures contre sa poitrine – d'où la chair de poule !

– Qu'est-ce que vous faites ? gémis-je.

Je refermai les yeux et pressai mes paupières. À mon grand soulagement, le vacarme cessa. Je pris mon front entre mes paumes pour empêcher mon cerveau d'éclater.

– C'est l'heure des corvées, Nouvelle ! claironna Noëlle.

Je plissai le front, incrédule. Une nouvelle onde de douleur me traversa le crâne.

– Quoi ?

Elle me saisit les poignets et me tira en position assise. Je fus aussitôt prise d'une irrésistible envie de vomir. Tandis que je suffoquais, elle m'enfila par la tête une espèce de vêtement à fanfreluches, qu'elle attacha ensuite dans mon dos. Lorsque je fus enfin capable de rouvrir les yeux, je vis que c'était un tablier de soubrette. Un gros badge rouge était fixé à la bretelle gauche, sur lequel on lisait : « Lèche-vitres, à votre service ! »

Je grognai. C'était tout ce dont j'étais capable, vu le peu d'énergie qu'il me restait.

– Tu ne croyais pas t'en tirer à si bon compte ? me lança Kiran avec un sourire sardonique.

Ses cheveux étaient remontés en chignon au sommet de sa tête et sa peau mate, soulignée par le blanc de sa robe, brillait comme si on l'avait polie. Elle avait bu plus que n'importe qui la veille au soir, mais elle n'avait rien perdu de sa beauté photogénique.

– Non, non ! continua-t-elle. Pourquoi crois-tu qu'on t'a invitée à vivre ici ? Maintenant, tu es à notre disposition vingt-quatre heures sur vingt-quatre et tu dois faire nos quatre volontés. C'est comme ça que ça marche, pas vrai, les filles ? demanda-t-elle à ses amies avec un sérieux feint.

– Euh... oui, je crois, dit Ariana – la traîtresse !

Elles plaisantaient, bien sûr ! Elles n'allaient quand même pas me tirer du lit pour me faire travailler le matin de ma première gueule de bois ! Après tout ce qu'elles avaient déjà exigé de moi. Moi qui pensais que ma mise à l'épreuve était terminée, que j'étais officiellement devenue l'une d'elles... Quelle drôle d'idée ! Apparemment, la torture ne faisait que commencer.

Je sentis le désespoir m'envahir et accentuer mon malaise général. Mais que pouvais-je faire ? Si je refusais, elles me renverraient à Bradwell à grands coups de pied dans le derrière, assurément. Et je redeviendrais l'élève de seconde insignifiante que j'étais en arrivant à Easton.

– Tiens ! fit Taylor en me tendant l'aspirateur portatif.

La fatigue la vieillissait ; elle était moins pétillante que de coutume.

– Je n'ai pas aspiré sous mon lit depuis la rentrée, dit-elle. Ça commence à m'irriter les sinus.

Interdite, je pris l'appareil et le serrai contre moi. Je n'osais pas bouger, de peur que ma tête ne se détache de mon corps.

– Quand tu auras terminé les chambres, me dit Noëlle, tu aspireras dans le couloir. Tâche d'avoir fini avant le petit déjeuner. Le gros aspirateur est dans le placard.

Je les dévisageai, les tempes bourdonnantes, espérant qu'elles allaient éclater de rire et m'avouer que c'était une blague.

– Vous êtes sérieuses ? croassai-je.

Noëlle se pinça le nez et agita la main.

– Je te suggère de commencer par un bain de bouche. Je ne voudrais pas que ton haleine infecte pollue l'air de ma chambre.

– Elle s'appelle toujours lèche-vitres ? demanda une des filles dont j'avais oublié le nom, en désignant mon badge. Ne devrait-on pas changer son surnom ? Lave-vitres, par exemple !

– Ou « frotte-vitres », suggéra Taylor.

– Ou « gratte-vitres », ajouta Natasha.

Noëlle réfléchit en plissant les yeux.

– Non ! trancha-t-elle. Lèche-vitres elle est, lèche-vitres elle restera !

Elle ponctua ses mots d'une tape énergique sur mon épaule. Je grimaçai de douleur.

– Allons-y, mesdemoiselles ! lança-t-elle à la cantonade.

Les filles sortirent l'une après l'autre. Seule Natasha resta dans la chambre. Elle jeta mes draps par terre et les piétina au passage pour aller s'enfermer dans notre salle de bains commune. Je voulais me lever, mais, entre la migraine, la nausée et le mal de gorge, cela me semblait physiquement impossible.

Noëlle s'encadra de nouveau sur le seuil pour me lancer un dernier avertissement :

– Tu as intérêt à terminer avant le petit déjeuner ! Sinon, ce soir, on t'enverra récurer les toilettes à la brosse à dents. Avec *ta* brosse.

– Je me lève ! dis-je en m'asseyant bien droite.

La pièce se mit aussitôt à tourner autour de moi et il me sembla que mon cerveau se ratatinait sous la pression de mes tempes. Je fermai les yeux, luttant contre une nouvelle vague de nausée.

– C'est bien ! Tu es une bonne fille, fit Noëlle avant de sortir en claquant volontairement la porte derrière elle.

Soumission

– J'aime que mes oreillers soient bouffants, me signala Cheyenne Martin.

Elle choisit des boucles d'oreilles serties de diamants dans un coffret contenant une collection impressionnante de bijoux. Puis elle se tourna vers son miroir pour les ajuster et lisser ses cheveux blonds. Depuis que j'avais pénétré dans la chambre qu'elle partageait avec Rose Sakowitz, où flottait un entêtant parfum de fleurs, elle ne cessait de me donner des ordres sans jamais me regarder en face.

– Lisse les draps et borde-les bien serré ! Je n'ai pas envie d'entrer ce soir dans un lit tout chiffonné.

Je passai une main sur son édredon en soie sauvage. Son lit me tendait les bras, et je mourais d'envie de me jeter dessus. C'était mon quatorzième. Ça ferait quinze avec celui de Rose. Seize avec le mien. Après, il ne me resterait plus qu'à passer l'aspirateur… Si je ne m'écroulais pas avant, terrassée par une attaque d'apoplexie !

– Tu m'as entendue, lèche-vitres ? insista Cheyenne en me considérant du coin de l'œil.

– Oui, fis-je d'une voix rauque. Les oreillers bouffants. Pas de plis.

Elle se tourna vers moi.

– Très bien ! dit-elle en tirant sur les poignets de sa chemise Ralph Lauren. J'étais sûre que tu serais parfaite pour ce travail. Comme je le disais aux autres, tu as ce petit air de col bleu[1]…

Je me figeai net, un oreiller dans les mains. J'étais si estomaquée que je ne parvenais pas à formuler une seule pensée cohérente. Tout ce qui me venait à l'esprit, c'était : « Tue-la ! »

– Cheyenne, ça suffit ! la réprimanda Rose en prenant sur sa chaise un grand sac en cuir.

Rose était une petite rousse chétive aux cheveux mi-longs et au bronzage orange. Je me demandai comment son sac énorme ne la faisait pas tomber à la renverse.

– Ne l'écoute pas, me conseilla-t-elle.

Je me forçai à lui sourire, puis reportai mon attention

1. Col bleu : terme d'argot désignant les ouvriers ou les travailleurs qui exécutent des tâches manuelles, par opposition à « col blanc », qui désigne les cadres et autres supérieurs hiérarchiques.

sur Cheyenne. Elle appliquait sur son visage une quatrième couche de fond de teint Estée Lauder.

– Quoi ? Je lui faisais un compliment ! se défendit-elle. Tu avais compris, n'est-ce pas, lèche-vitres ?

– Bien sûr ! fis-je avec un sourire pincé. Je préfère avoir un col bleu qu'une petite cuillère en argent là-où-je-pense, ajoutai-je à mi-voix.

Le visage de Cheyenne s'assombrit, mais elle se reprit aussitôt.

– Elle se croit maligne..., siffla-t-elle entre ses dents. Que pourrions-nous faire pour lui apprendre à rester à sa place ?

Elle prit un pot de poudre sur sa coiffeuse et le lâcha sur l'épais tapis de laine, au centre de la pièce.

– Oh, mince ! fit-elle avec un faux sourire d'excuse.

– Cheyenne ! s'écria Rose.

Pour toute réponse, l'intéressée se mit à écraser les grumeaux de poudre sous son talon. Il me vint une envie terrible de l'attraper par les cheveux et de lui enfoncer le visage dans le tapis. Bien entendu, je me retins.

– Tu nettoieras ça quand tu auras fini le reste, m'ordonna-t-elle. À moins que tu ne préfères que je répète ta petite remarque à Noëlle.

Sur ces mots, elle tourna sur ses talons et quitta la pièce. Rose soupira et se dirigea vers la porte. Elle marqua un temps d'hésitation sur le seuil.

– Tu n'es pas obligée de t'occuper de ça maintenant, me dit-elle. Tu le feras ce soir. Ne passe pas non plus trop de temps sur mon lit. Contente-toi de tirer les couvertures, pour le cas où Noëlle vérifierait.

– Elle vérifie ? demandai-je.

Rose me considéra avec pitié. Elle devait me trouver d'une naïveté désarmante.

– Bon courage ! me lança-t-elle avant de partir.

Elle ferma tranquillement la porte derrière elle et j'écoutai ses pas s'éloigner dans le couloir. Tout devint silencieux. Je consultai le réveil posé sur le bureau de Cheyenne. Il me restait une demi-heure pour passer l'aspirateur, prendre une douche, m'habiller et faire un saut à la cafétéria. J'étais trop nauséeuse pour avoir vraiment faim, mais je devais faire acte de présence si je ne voulais pas me retrouver de corvée de toilettes ce soir. Je compris que je devrais faire l'impasse sur quelque chose pour être prête à temps. Sans doute sur ma douche.

Je m'approchai en soupirant du lit de Rose. Comme elle avait été sympa avec moi, je ne me contentai pas de tirer les couvertures : je le fis à fond. Je tapotais son oreiller quand j'aperçus une chose étrange, coincée entre le cadre du lit et le mur. Je posai un genou sur le matelas pour regarder de plus près. C'était vert, grumeleux et...

– Aah ! m'écriai-je en portant une main à ma bouche.

C'était un reste de muffin moisi. Un vieux morceau de gâteau que Rose avait dû poser là un soir, après l'avoir entamé. Cela devait remonter à début septembre, vu son état de décomposition. Preuve que les gosses de riches pouvaient être aussi rustaudes que les autres ! Je fis demi-tour, titubai jusqu'à la salle de bains et me laissai tomber à genoux sur le carrelage.

Rien de tel qu'un petit vomi dans les toilettes pour bien commencer la journée !

Raplacuite

J'arrivai à la cafétéria juste à temps pour prendre, comme chaque matin, les commandes des filles qui voulaient un supplément de petit déjeuner. Malgré le dégoût que m'inspirait la nourriture, je me retrouvai au self-service, en train de pousser deux plateaux chargés de beignets, de toasts, de fruits et de boissons en tous genres.

– Je vous mets des œufs brouillés ? me demanda le type derrière le comptoir en soulevant une cuillère pleine d'une matière jaune gluante.

– Euh... non, merci ! fis-je avec une grimace de dégoût.

Je pris un bagel pour moi, même si je doutais de rien pouvoir avaler. À ma gauche, deux mecs de troisième draguaient une jolie brune aux cheveux bouclés. Elle déployait tous ses charmes à leur intention et je souris intérieurement, un rien méprisante. En réalité, j'enviais son insouciance, sa forme éclatante... et sa propreté !

– Il paraît que l'an dernier toutes les filles en sont revenues avec un tatouage, disait l'un des garçons. Les vierges avec un V et les autres avec une bouche. Sur la joue gauche, précisa-t-il en lorgnant vers les fesses de sa camarade, qui portait une minijupe plissée.

– Ça m'étonnerait qu'une seule fille soit revenue vierge de l'Héritage, répliqua celle-ci en riant.

Elle plongea une cuillère dans son yaourt et la suça avec volupté.

Je dressai l'oreille. L'Héritage. Dash et ses copains n'en avaient-ils pas parlé la veille au soir ? Mes souvenirs de la soirée étaient assez flous, mais je me rappelais les avoir entendus dire que Thomas ne manquerait ce mystérieux événement pour rien au monde. Comment ces jeunots étaient-ils au courant ?

– Enfin, ça ne te concerne plus. N'est-ce pas, Gwen ? plaisanta le deuxième garçon.

– Peut-être..., dit-elle en soulevant son plateau.

Elle s'éloigna de quelques pas avant d'ajouter :

– ... Ou peut-être que si.

Puis elle s'en alla d'un pas nonchalant, laissant les garçons bouche bée.

– Mec, je te garantis que je vais m'occuper d'elle à l'Héritage, s'exclama le premier lorsqu'elle fut hors de portée de voix.

– Ouais, fit l'autre d'un ton maussade.

– Ah, c'est vrai, tu n'y seras pas ! gloussa son camarade. Mon pauvre Mills ! C'est dur d'être un bizut...

Il s'esclaffa et partit devant, le menton en l'air.

Je commençais à y voir plus clair. Visiblement, l'Héritage était une espèce de fête hyper sélect, à laquelle Gwen et le garçon n° 1 étaient conviés, mais pas le garçon n° 2. Je classai cette information pour plus tard, quand mon cerveau se remettrait à fonctionner.

J'inspirai à fond et reconnus une odeur de peinture familière.

Une seconde plus tard, je sentis la chaleur d'un corps tout proche. Je me retournai et découvris Josh Hollis qui me souriait, les yeux brillants. Une vague tension m'envahit aussitôt, malgré moi. Je ne pouvais pas voir Josh sans penser à Thomas et me demander s'il avait reçu de ses nouvelles.

– Ouh, là ! Tu m'as l'air raplacuite, dit Josh.

– Raplacuite ?

– J'invente un mot quand je n'en trouve aucun pour exprimer de ce que je veux dire, dit Josh. D'où « raplacuite ».

– Ah... Je suis flattée de t'avoir inspiré du vocabulaire, mentis-je.

Cela dit, je pouvais difficilement lui en vouloir. J'avais attaché mes cheveux sales en queue de cheval et mon teint devait être cireux, sinon verdâtre.

– Est-ce que ça va ? s'enquit Josh tandis que nous avancions dans la queue. J'étais un peu inquiet pour toi, hier soir.

J'eus une vision fugace de lui, assis près du feu, l'air sinistre. Puis je me demandai pour quelle raison il se souciait ainsi de moi. Nous nous connaissions à peine. Un fol espoir m'envahit.

– Est-ce que Thomas t'a demandé de veiller sur moi ? lâchai-je.

Josh cligna des yeux, surpris.

– Euh... non. Tu sais, Thomas est parti sans rien me dire.

– Ah. Donc, tu n'as aucune idée de l'endroit où il est ?

– Non. Et toi ?

– Non.

– C'est typique de Thomas, fit Josh à mi-voix.

– Quoi ?

– Rien... C'est juste que... Il aurait pu te dire où il allait... au moins à *toi*, ajouta-t-il en insistant lourdement sur le pronom.

Ainsi, il savait ce que Thomas et moi avions fait. Ou il s'en doutait. Ou alors non. Peut-être savait-il juste que je comptais pour Thomas. Mais comptais-je vraiment ? Comment se faisait-il que notre relation soit encore plus compliquée en son absence que lorsqu'il était là ?

– Enfin, j'aurais dû m'en douter, continua Josh. Il n'a jamais été du genre à se soucier des autres.

Ma gorge se serra. J'avais supporté déjà beaucoup de choses désagréables depuis mon réveil en fanfare. Je n'avais pas besoin d'entendre son meilleur copain tailler un costard à mon petit ami disparu.

– Si on parlait d'autre chose, proposai-je.

– Tu as raison, dit Josh avec un sourire d'excuse. Je suis désolé de t'avoir embêtée avec ça. Je suis sûr qu'il va t'appeler. Un jour.

Je regardai autour de moi pour tenter de trouver un autre sujet de conversation.

– Et c'est quoi, tout ça ? lui demandai-je en indiquant son plateau, encore plus chargé que les miens. Tu fais des provisions pour l'hiver ?

Il haussa les épaules.

– Non. Les autres mecs ont encore faim, alors...

– Je ne comprends pas.

– Quoi ? fit-il en piochant sur le plateau un muffin aux pépites de chocolat.

– Pourquoi leur rends-tu toujours service ? Rien ne t'y oblige.

« Contrairement à d'autres. »

Il plongea la main dans la poche arrière de son baggy taché de peinture, tout en poussant son plateau de l'autre.

– J'ai quatre frères et sœurs plus jeunes que moi et seulement un frère aîné, qui est un égoïste invétéré. Je crois que je suis conditionné pour être serviable.

– Ah, dis-je en prenant un bol de céréales.

– Et toi, pourquoi tu rends service ? me demanda-t-il.

– Parce qu'elles m'y obligent, répondis-je sans réfléchir.

Josh me jeta un coup d'œil intrigué.

– Quoi ?

Je clignai des paupières. N'était-il pas au courant ? Ne savait-il pas que j'étais servante – à l'essai – pour la maison Billings ? Je pensais pourtant que c'était de notoriété publique. Il avait dû au moins remarquer tout ce que j'avais fait pour les filles avant d'intégrer leur dortoir. Ses copains étaient dans la confidence, pourtant. Dash, en particulier, avait exprimé un certain plaisir à me voir souffrir.

– Qu'est-ce qu'elles te font faire ? se renseigna-t-il.

Une sirène se déclencha dans ma tête. Alerte rouge ! S'il ne savait pas, peut-être ne devait-il pas savoir.

– Bah, rien, dis-je en haussant les épaules, les joues en feu.

– Reed...

– Josh.

Et soudain je vis dans ses yeux qu'il comprenait.

– Tu ne peux pas me le dire, fit-il avec un sourire amer. Ou alors tu pourrais me le dire, mais tu devrais me supprimer ensuite.

Je plaçai les deux plateaux en équilibre sur mes paumes.

– Ne t'inquiète pas. Ce n'est rien, dis-je pour clore le sujet.

– Bon, si elles abusent, tu peux toujours cracher dans leur café, suggéra-t-il.

Je louchai vers les tasses fumantes posées sur l'un des plateaux. C'était tentant !

– Mmh, fis-je en guise de réponse.

– Bon. Mais... fais attention à toi, insista Josh. Je veux dire... Ne les laisse pas te faire faire quelque chose de... tu sais...

Fou ? Dangereux ? Stupide ? J'avais déjà fait tout cela.

– Non, ne t'inquiète pas, répétai-je.

Je ralentis, car une des tasses menaçait de se renverser.

– Attends, je vais t'aider, me proposa Josh.

Il tendit les bras et me débarrassa du plus lourd des plateaux.

– Merci, mais je...

Je jetai un coup d'œil oblique vers notre table et je sentis mes jambes se dérober sous moi. Walt Whittaker était assis à une extrémité, aussi massif qu'une montagne. Des dizaines de souvenirs m'assaillirent, comme des images stroboscopiques. Mes mains sur sa poitrine. Des yeux marrons chauds. Un mouchoir. De gros bras. Des lèvres rêches. Une langue. Encore une langue. Et... aïe. Un pincement à la poitrine.

Malédiction ! J'avais laissé ce type me peloter ? !

– Hé, fais gaffe ! s'exclama Josh.

Il rattrapa le plateau une fraction de seconde avant qu'il ne se renverse. Un beignet glissa et tomba par terre. Côté glaçage, bien sûr.

– Il faut que je sorte ! lui confiai-je dans un souffle.

Je posai mon plateau sur la table la plus proche et me précipitai aux toilettes pour vomir.

Sous les projecteurs

J'entrai dans la chapelle quelques secondes seulement avant la fermeture des portes. À l'intérieur, les élèves attendaient le début du culte du matin en conversant à voix basse. J'entendis prononcer plusieurs fois le nom de Thomas, et des dizaines d'yeux suivirent ma progression dans l'allée centrale. Les chuchotements s'intensifiaient dans mon sillage. Manifestement, la disparition de Thomas était le sujet du jour, et, comme il n'était pas là, c'était moi qu'on regardait. Moi, la petite amie officielle. Celle qu'il avait abandonnée et qu'il convenait de surveiller.

Finalement, c'était une chance que j'aie dû quitter précipitamment la cafétéria. Si j'étais restée un instant de plus, j'aurais peut-être été assaillie par la foule. Ici, l'avantage, c'était que personne ne pouvait m'approcher. Cela me laissait du temps pour me ressaisir.

Je rentrai la tête dans les épaules et me dirigeai vers les bancs réservés aux élèves de seconde. Il ne restait qu'une seule place libre à l'extrémité de la rangée, à côté de Missy Thurber, la personne que j'appréciais le moins à Easton. J'étais à peine assise que Missy se mit à humer l'air en écarquillant ses narines démesurées. Elle se pencha vers moi.

– Où as-tu dormi la nuit dernière ? me demanda-t-elle en se pinçant le nez. Sur un tas de fumier ?

Elle se leva, dépassa Constance, mon ancienne camarade de chambre, et s'assit sur sa gauche, la forçant à se glisser près de moi. Je devins écarlate.

– Salut, me chuchota Constance.

Je ne l'avais pas revue depuis que je m'étais installée à Billings, l'avant-veille. Elle avait tressé ses longs cheveux roux, et cette coiffure la rajeunissait considérablement. Avec son visage rond et ses taches de rousseur, elle faisait à peine douze ans.

– Comment vas-tu ? me demanda-t-elle.

– Ça va.

« À part que mon mec a disparu, que j'ai embrassé un inconnu dans un moment d'égarement, que j'ai une gueule de bois monstrueuse et que je meurs de faim ! »

– Tout le monde parle de Thomas. Tu as eu de ses nouvelles ? voulut-elle savoir.

Elle semblait à la fois inquiète pour moi et tout excitée par la perspective de récolter un scoop.

– Aucune. Et toi, comment tu vas ? m'enquis-je pour changer de sujet.

– Bien. J'ai une chambre pour moi toute seule maintenant, dit-elle avec un sourire triste.

Constance, qui était très sociable, devait détester vivre seule. J'aurais voulu trouver des mots pour la réconforter et me faire pardonner ma désertion, mais rien ne me vint à l'esprit. D'autant que j'étais bien décidée à ne jamais réintégrer mon ancienne chambre. Malgré les corvées que m'imposaient les filles Billings, je mesurais quel privilège c'était d'occuper le dortoir le plus sélect du campus. J'étais convaincue que ma vie en serait transformée. Tout souriait aux filles Billings : elles étaient populaires, avaient toujours les meilleures notes et étaient promises à de brillants avenirs. C'était ce qui m'attendait, moi aussi. Enfin, si elles ne me tuaient pas à la tâche...

– Tu n'as pas l'air très en forme, dit Constance en m'observant avec attention.

– Si, ça va ! lui assurai-je. Je suis juste un peu fatiguée.

Au fond de la salle, le doyen Marcus prit le micro et s'éclaircit la gorge, m'épargnant de nouvelles questions.

– Bonjour, mesdemoiselles ! Bonjour, messieurs ! commença-t-il.

Il saisit le pupitre entre ses mains noueuses.

– Je vous ferai grâce ce matin des formules habituelles, car nous avons un sujet sérieux à aborder. Vous n'êtes pas sans savoir que l'un des nôtres, Thomas Pearson, a disparu du campus.

Mon estomac vide se contracta brusquement. Des murmures satisfaits s'élevèrent çà et là, comme si les élèves étaient ravis que la rumeur soit enfin confirmée par un représentant de l'autorité.

– Ils ont attendu que les parents soient repartis pour nous l'annoncer, chuchota quelqu'un derrière moi.

– Silence, s'il vous plaît ! tonna le doyen en levant une main.

Les murmures se turent instantanément.

– Nous ne prenons pas cet événement à la légère, continua-t-il. Comme personne n'a pu nous renseigner sur l'endroit où se trouve M. Pearson, j'ai demandé au chef de la police d'Easton, le commissaire Sheridan, de vous dire quelques mots. Je vous prie de lui accorder toute votre attention.

Il se tourna vers un homme grisonnant assis près de lui.

– Commissaire Sheridan ?

Des bancs grincèrent lorsque les élèves tendirent le cou pour voir le policier. Celui-ci se leva et s'approcha du micro. Il avait les épaules larges et la mâchoire carrée. Chaque fois qu'il avalait sa salive, on voyait sa pomme d'Adam proéminente monter et descendre.

– Merci, doyen Marcus, dit-il d'une voix grave.

Il promena son regard bleu sur l'assemblée en nous considérant avec un déplaisir manifeste. Était-il fâché que le lycée soit situé dans sa juridiction ? La disparition de Thomas lui donnait-elle la migraine ou l'excitait-elle, dans une certaine mesure ? Il ne devait pas se passer grand-chose dans cette ville endormie. Peut-être était-il impatient de résoudre une véritable énigme ?

– Je suis désolé de venir vous voir dans des circonstances aussi graves, commença le commissaire. Ce lycée est grand. Je suis sûr que certains connaissent Thomas Pearson, et d'autres non.

Je sentis une main chaude couvrir la mienne. En baissant les yeux, je vis que c'était celle de Constance, qui cherchait par ce geste à me réconforter. Mon premier réflexe fut de retirer ma main, mais je me ravisai. C'était un témoignage d'amitié, et j'en avais bien besoin !

– Cette semaine, j'ai prévu de tous vous interroger à tour de rôle, continua le commissaire.

Des murmures joyeux s'élevèrent de l'assemblée. J'étais consternée. Ces idiots ne comprenaient-ils pas ce que cela signifiait ? Les policiers craignaient qu'il ne soit arrivé quelque chose de grave à Thomas. Ils pensaient que l'un de nous était peut-être impliqué. Il n'y avait vraiment pas de quoi se réjouir !

– Quand nous viendrons vous chercher dans vos classes, restez détendus, nous conseilla le commissaire. Nous ne vous considérons pas comme des suspects, mais comme de simples témoins. La seule chose qui nous importe, c'est de retrouver votre camarade et de le rendre à ses parents sain et sauf.

« Pour qu'ils puissent l'envoyer finir ses études dans une école militaire ? » me demandai-je avec amertume.

– Nous ne porterons aucun jugement, ajouta-t-il. En revanche, nous vous serons reconnaissants de nous aider à faire la lumière sur la situation.

En prononçant ces mots, il braqua ses yeux sur moi, et je me recroquevillai sur mon banc. « Pourquoi me fixe-t-il ? Non : ce n'est pas moi qu'il regarde. Il regarde juste dans ma direction. Du calme, Reed ! Respire à fond. »

– Je vous remercie d'avance pour votre coopération, conclut le commissaire avant de quitter le podium.

Il se pencha ensuite vers le doyen pour lui dire quelque chose à l'oreille. Les élèves en profitèrent pour échanger leurs commentaires :

– Vous pensez qu'il a fugué ?

– On l'a peut-être kidnappé.

– Je parie que ce loser de Marco sait où il est. Tu crois que la police l'a déjà interrogé ?

– Bien sûr que non ! Personne dans l'administration ne sait qui lui fournit sa came. Ils sont complètement à côté de la plaque.

Marco. Qui diable était Marco ?

Je fis un effort surhumain pour rester sourde aux conversations qui m'entouraient, et surtout pour ignorer ce qu'elles impliquaient : que ces pimbêches étaient mieux informées des agissements de Thomas que je l'avais jamais été.

– Si vous voulez mon avis, il a pris un truc pas net et il est allongé quelque part, dans une flaque de vomi.

Touché ! Soudain, toutes les pensées morbides que j'essayais de repousser depuis deux jours me frappèrent de plein fouet. Ce qu'il me restait d'espoir que Thomas aille bien fut réduit à néant. Prise de vertige, j'appuyai mon front contre le dossier du banc devant moi et me forçai à respirer calmement. Tout le monde me regardait, j'en étais sûre !

– Reed, ça va ? Tu veux que je t'accompagne à l'infirmerie ? me demanda Constance en me posant une main sur le dos.

– Commence par l'emmener prendre une douche, suggéra Missy, toujours aimable.

« Respire, Reed ! Respire ! »

Chuchotements

À la fin de la cérémonie, lorsque je quittai mon banc pour remonter l'allée centrale de la chapelle, je remarquai que de nouveaux murmures s'élevaient dans mon sillage. Je marchais les bras croisés, le regard fixe, en m'efforçant de garder une certaine contenance. J'espérais que ma peur et mon extrême nervosité ne se lisaient pas sur mon visage. Thomas avait disparu, la police nous soupçonnait, et tout le lycée avait les yeux rivés sur moi. Ça commençait à faire beaucoup !

Pourquoi Thomas ne revenait-il pas ? S'il avait daigné faire une apparition sur le campus, même pendant cinq secondes, ce cauchemar aurait cessé. Je voulais tellement que ça s'arrête...

Ariana et Taylor vinrent à ma rencontre dans la cour, et je fus soulagée de voir des visages amis – ou presque. Je n'oubliais pas que ces deux pestes m'avaient tirée du lit au petit matin pour me passer un tablier ! Malgré tout, je me détendis un peu.

Elles étaient presque arrivées à ma hauteur quand Taylor chuchota quelque chose à l'oreille d'Ariana, m'adressa un regard énigmatique et fila à toutes jambes. Quelle mouche l'avait piquée ? Était-elle gênée à cause de ce qu'elle m'avait fait subir au réveil ? Ce n'était pas impossible : Taylor s'était toujours montrée plus réticente que les autres à me torturer.

– J'ai entendu dire qu'ils avaient rompu..., fit une voix dans mon dos

– Exact ! répliqua une autre. Mais ils se sont remis ensemble la veille de sa disparition.

Je jetai un coup d'œil assassin par-dessus mon épaule et reconnus deux filles de seconde qui étaient en cours avec moi. Elles rougirent et s'éloignèrent à la hâte. Ariana calqua son pas sur le mien et je fus heureuse de la sentir si proche. Sa présence me servirait de bouclier contre les ragots.

– Est-ce que tout va bien ? me demanda-t-elle.

– Très bien, mentis-je. Pourquoi Taylor est-elle partie si vite ?

– Elle ne se sentait pas en forme.

– Elle a trop bu hier ?

– Entre autres, soupira Ariana. Taylor a la gorge fragile. Elle attrape une angine tous les ans à l'automne, et ça traîne tout l'hiver. Elle passe la moitié de son temps à l'infirmerie.

Elle regarda son amie s'éloigner.

– Cette fille a une petite santé, murmura-t-elle, un soupçon de mélancolie dans la voix. C'est dommage !

– Ah.

J'étais en train de me dire que ça ne m'aurait pas déplu d'être allongée à l'infirmerie.

– Et toi, ça va vraiment ? insista Ariana.

– Oui, vraiment.

En réalité, ça n'allait pas du tout. J'étais aux prises avec un mélange de fureur, de chagrin et d'incompréhension. Pourquoi Thomas ne me téléphonait-il pas ? À moi, à Josh, ou à n'importe qui. « Pourquoi nous fait-il une chose pareille ? »

Était-il possible que les rumeurs soient fondées ? Qu'il lui soit arrivé quelque chose d'affreux ? Un frisson me parcourut le dos, et je secouai les épaules pour le chasser. Ariana m'observait comme si elle cherchait à lire dans mes pensées.

– Qu'est-ce que tu vas leur dire ? me demanda-t-elle soudain en me fixant de ses yeux perçants.

– Leur dire ? À qui ?

– Aux policiers, ajouta-t-elle à voix basse.

– Comment ça ? fis-je après un temps d'hésitation.

Ariana s'approcha de moi, si près que j'aurais pu compter les pores de sa peau s'ils avaient été visibles. Ce n'était pas le cas. Son visage était lisse et sa carnation, parfaite.

– Tu es la petite amie de Thomas. Ils vont forcément te poser un tas de questions. Il vaudrait mieux que tu prépares ce que tu vas dire.

Que sous-entendait-elle ? Je préférais ne pas y penser. Un vent frais souleva ses cheveux blonds et fit voler son écharpe. Derrière elle, j'entendis un type crier quelque chose. Ariana ne broncha pas. Elle ne cilla même pas.

– Ariana, dis-je enfin. Je ne sais pas où est Thomas.

Elle me dévisageait toujours. Je sentis une vague de chaleur m'envahir, et j'en vins à me demander si je n'avais vraiment rien à cacher. Après un moment qui me parut interminable, Ariana sourit.

– Entendu, dit-elle.

– Quoi ?

– Rien. Si jamais tu as envie d'en parler, je suis là.

– Merci.

Elle recula lentement.

– Bon, je te laisse. Il faut que j'aille en cours.

Elle me fit un clin d'œil complice et s'éloigna. Lorsque je me retrouvai seule, je recommençai à me sentir observée. Chaque fois que je croisais le regard d'un élève, il détournait les yeux. Quand je m'approchais d'un petit groupe, les gens interrompaient brusquement leur conversation. Était-ce le sort qui me serait réservé désormais ? En arrivant à Easton, j'avais décidé de tout faire pour quitter l'anonymat, mais cette soudaine notoriété était franchement désagréable.

Je consultai ma montre. Il restait dix minutes avant le début des cours. J'avais besoin de me confier à une oreille amicale. Quelqu'un qui saurait me réconforter et me rappellerait pourquoi j'étais venue étudier ici. Je me laissai tomber sur le banc le plus proche, sortis mon téléphone et appelai mon frère. Scott était à des kilomètres de là, à l'université de Penn State. Il décrocha à la cinquième sonnerie.

– Allô ?

– Scott ? C'est Reed. Je te réveille ?

– Non, non ! Je n'ai cours que dans trois heures mais je suis parfaitement réveillé, ironisa-t-il.

Je souris. Plusieurs filles, assises non loin, me regardaient ostensiblement. Je les fixai jusqu'à ce qu'elles se détournent, gênées.

– Comment ça se passe pour toi ? demandai-je à mon frère.

– Super ! Et l'Académie Prout-Prout, c'est bien ?

– Ha ! ha ! m'esclaffai-je. C'est une chance que j'aie hérité de toute l'intelligence de la famille !

– J'ai eu la beauté en lot de consolation, rétorqua-t-il. Alors, qu'est-ce qui ne va pas ?

– Pourquoi faudrait-il que quelque chose n'aille pas ?

– Chez nous, c'est obligé.

Je soupirai.

– L'ambiance est bizarre, ici. On a un... Un mec est porté disparu et il y a des flics partout. Ils vont tous nous interroger.

– Disparu. Tu veux dire qu'il a été kidnappé ? demanda Scott.

– Je n'en sais rien, fis-je, la gorge serrée.

– Et tu le connais, ce mec ?

– Euh, oui...

« On peut même dire que je le connais très bien ! »

– C'est un ami.

– Ah, mince ! C'est chiant. Mais bon, je suis sûr qu'il va revenir. J'imagine que les élèves doivent disparaître assez souvent de votre bahut. Quand ils refont surface, on apprend qu'ils étaient en croisière dans les îles...

Je ris de bon cœur.

– Quoi ? insista Scott. C'est typique des gens friqués, non ? Quand elle était à Easton, Félicia m'a raconté qu'un mec de terminale avait invité toute sa classe dans sa propriété en Turquie... Ou en Grèce, je ne sais plus.

Félicia ! L'ex de mon frère aîné. Comment avais-je pu l'oublier ? C'était grâce à elle que je m'étais intéressée à Easton au départ. Elle avait fait sa première et sa terminale ici avant de partir pour Dartmouth, son diplôme en poche. Elle savait tout ce qu'il y avait à savoir sur ce lycée.

– En parlant de Félicia, tu ne l'aurais pas entendue parler un jour d'un truc qui s'appelle « l'Héritage » ? demandai-je.

– L'Héritage ? Non, ça ne me dit rien. Qu'est-ce que c'est ?

– Une espèce de fête, je crois. Je ne sais pas exactement, mais tout le monde en parle.

– Pourquoi ne te renseignes-tu pas autour de toi ?

– Je ne veux pas passer pour une cruche.

– Trop tard ! plaisanta Scott.

– Très drôle ! fis-je, pince-sans-rire.

– Si tu le dis… Bon, il faut que je te laisse. J'empêche Todd de dormir.

J'imaginai son copain en train de grogner, la tête sous son oreiller.

– Tu devrais appeler papa, à l'occasion…, me glissa mon frère.

Une vague de remords me submergea. Cela faisait une éternité que je n'avais pas téléphoné à la maison.

– Pourquoi ? Pour qu'il me fasse culpabiliser malgré lui ?

– J'ai un scoop pour toi. En cours de psycho, j'ai appris qu'on allait se sentir coupables jusqu'à la fin de nos jours, alors autant s'y habituer tout de suite.

– Bon, d'accord ! soupirai-je. Je vais l'appeler.

– Tu lui manques. Et à maman aussi, d'une certaine manière.

Il me vint soudain une envie irrésistible de raccrocher. Mais Scott avait fait ce que j'attendais de lui. Il m'avait rappelé pourquoi j'étais ici, et ce que je fuyais.

– Bon, rendors-toi bien, lui dis-je en me levant. À plus...

– À plus.

Après avoir raccroché, je me dirigeai vers ma salle de cours, ignorant les chuchotements et les murmures que je déclenchais sur mon passage. Encore une chose à laquelle j'allais devoir m'habituer...

Méchantes !

– Qu'est-ce que tu vas porter à l'Héritage, cette année ?

Je saisis la phrase au vol alors que je sortais de la librairie du campus, serrant contre moi la boîte de crayons que je venais d'acheter. Apparemment, à Easton, quand on ne discutait pas de moi, on parlait de l'Héritage. Avec un peu de chance, il me suffirait de tendre l'oreille pour découvrir de quoi il s'agissait.

– Je ne sais pas. La Chanel noire, peut-être...

Deux filles de seconde que j'avais déjà vues à Bradwell étaient assises sur un banc, à quelques mètres de moi. C'étaient deux grandes blondes aux cheveux raides, qui semblaient avoir leur téléphone portable greffé aux mains. Bien qu'elles soient en pleine conversation, la première écoutait ses messages, tandis que l'autre tapait un texto. Je m'accroupis, feignant de rattacher mes lacets.

– Ce n'est pas celle que tu portais au mariage de ta mère l'an dernier ? demanda la plus blonde à la moins blonde.

– Si, et alors ?

– Alors, tu as été photographiée avec ! dit la plus blonde. Tu ne peux pas porter à l'Héritage une robe dans laquelle on t'a photographiée. Ça ne se fait pas.

La moins blonde hocha la tête, pensive.

– Oui, tu as raison.

Au même instant, les yeux d'ardoise de sa camarade se posèrent sur moi.

– Euh, oui... On peut te renseigner ?

– Pardon ! fis-je en me relevant. Pourriez-vous me dire ce qu'est l'Héritage, exactement ?

Les deux filles se regardèrent, incrédules.

– C'est le genre d'endroit où on ne risque pas de te voir ! rétorqua la moins blonde. Même si tu crèches à Billings.

– Dana, méchante ! pouffa l'autre en la poussant du coude.

Je devins écarlate.

– Je ne comprends pas, insistai-je.

– Ce n'est pas parce que tu es à Billings que tu dois te croire supérieure à nous, me lança la moins blonde. Tout le monde sait d'où tu viens, boursière !

– Pour l'Héritage, tu n'as plus qu'à espérer que quelqu'un te prenne en pitié et t'invite... vu que ton mec est aux abonnés absents.

Je ravalai tant bien que mal la boule énorme qui s'était formée dans ma gorge. J'étais à deux doigts de lui casser la figure. Je ne m'étais encore jamais battue, mais j'étais tellement à cran que le moment était mal choisi pour me provoquer. J'envisageais sérieusement de lui sauter à la gorge. J'entendis même en pensée son cri de surprise. Je vis son portable voler dans les airs et s'écraser sur les pierres de l'allée. C'était assez plaisant.

Je me redressai sans avoir décidé ce que j'allais faire. Elles me toisaient toujours avec mépris. La plus blonde parut sur le point de me lancer une nouvelle pique, mais soudain son expression changea radicalement. Son visage se décomposa comme s'il m'était poussé des cornes.

– Il faut que j'y aille, déclara-t-elle en se levant.

Son amie l'imita et elles filèrent sans demander leur reste. Après leur départ, je sentis une présence derrière moi. Je me retournai et ne fus guère surprise de découvrir Noëlle.

– J'ai fait peur à tes petites copines ? s'enquit-elle en arquant un sourcil.

– Oui, on dirait. Merci beaucoup !

– De rien. Ces gamines doivent apprendre à rester à leur place.

– Qu'est-ce que tu veux dire ?

– Je veux dire qu'elles n'ont pas à venir t'emmerder, lèche-vitres. C'est mon job !

Je ris malgré moi.

– Alors, tu tiens bon ? reprit-elle. Tu dois déjà en avoir marre de ces conneries avec Pearson.

Mon cœur manqua un battement, comme chaque fois que j'entendais parler de Thomas.

– Tu n'es pas inquiète pour lui ?

Noëlle recula et me regarda dans les yeux. Son expression était indéchiffrable.

– Reed, il faut que tu saches que Thomas Pearson retombe toujours sur ses pieds.

– Vraiment ?

– N'écoute pas les ragots. Ces crétins ignares n'y comprennent rien. Regarde plutôt Dash et Josh. Ils connaissent Pearson depuis toujours et ils ne se font pas de souci. Pourquoi ? Parce qu'ils le connaissent. Ils savent qu'il est planqué quelque part, en train de bien rire à nos dépens.

Cette pensée m'arracha un sourire triste.

– Tu crois ?

– J'en suis sûre ! dit Noëlle en passant son bras sous le mien. Arrête de te tracasser pour lui. Tôt ou tard, il va refaire surface comme si de rien n'était et tu lui en voudras de t'avoir fait perdre ton temps.

Je soupirai et tentai de me persuader qu'elle avait raison. Thomas allait bien. Tous ses amis en étaient convaincus. Ils s'attendaient même à le voir à leur fameux Héritage. Qui étais-je pour douter de leur certitude ?

– Alors, prête pour un petit entraînement de foot ? me demanda Noëlle. Je te promets de ne pas te faire plonger, aujourd'hui. Enfin... non. Je ne te promets rien !

Je ris et nous nous dirigeâmes vers Billings pour nous changer.

– De quoi parliez-vous, au fait ? me demanda Noëlle chemin faisant. Ça avait l'air sérieux.

Une seconde, j'envisageai de l'interroger sur l'Héritage. Mais je n'étais pas assez désespérée pour lui rappeler l'étendue de mon ignorance. Mieux valait que je continue à chercher par moi-même.

– Bah, rien... Du dernier défilé Vera Wang, dis-je sur un ton enjoué.

Noëlle pouffa.

– Tu sais ce qui me plaît chez toi, Reed ? Quelquefois, tu me fais vraiment mourir de rire !

Chère Reed...

– Aargh ! Je ne peux plus voir ce truc ! s'écria London Simmons en ôtant rageusement un pull crème, qu'elle balança dans sa corbeille à papier.

Je regardai ses cheveux châtain foncé dégringoler en vagues sur son dos nu.

– London ! On ne jette pas du cachemire, s'insurgea Vienna Clark, sa camarade de chambre.

London et Vienna, surnommées « les villes jumelles » par les autres filles Billings, étaient deux snobs bien en chair aux cheveux longs, amies depuis toujours. Elles m'avaient convoquée dans leur chambre à mon retour du dîner, affirmant qu'elles avaient besoin d'aide pour « feng-shuiser » leur intérieur, selon l'expression de London. En réalité, elles voulaient me faire ranger leurs chaussures par couleur et hauteur de talon. C'était ce à quoi je m'occupais, assise par terre.

– Donne-le, au moins ! suggéra Vienna à son amie.

London, qui admirait ses bonnets D dans le miroir, se tourna vers moi.

– Désolée, fit-elle en repêchant le pull dans la poubelle. Tu le voulais ?

Elle attendit ma réponse en battant des paupières. L'innocence même !

– Non, merci ! fis-je, glaciale.

– Pas à elle ! dit Vienna en roulant les yeux. À quelqu'un dans le besoin !

Elle posa sa lime à ongles sur sa table de nuit et traversa la chambre.

– Ne fais pas attention à elle, lèche-vitres, me lança-t-elle en prenant le pull des mains de London. Plus elle maigrit, plus elle est bête !

Je répondis par un rictus.

– Jalouse ! fit London en faisant mine de la gifler.

Elles se rassirent sur leurs lits respectifs et recommencèrent à se pomponner. Je sortis du placard une dernière paire d'escarpins rouges, que je plaçai près des autres chaussures pour comparer leurs talons. J'avais presque terminé. J'allais enfin pouvoir retourner dans ma chambre et prendre une douche.

– J'ai vu Walt Whittaker dans la cour aujourd'hui, dit soudain London avec désinvolture.

Les poils de ma nuque se dressèrent. Je ne sais par quel miracle j'avais réussi à éviter Whit toute la journée.

Chaque fois que nous nous étions croisés, il avait rougi et détourné la tête, aussi embarrassé que moi. À la cafétéria, il avait passé son temps à discuter à la table des profs. Les villes jumelles savaient-elles que nous nous étions bécotés la veille au soir ?

– Ah, Whit ! soupira London. Je te veux !

Non, apparemment, elles l'ignoraient.

Vienna s'étrangla de rire.

– Eh bien, je te souhaite bonne chance ! Pendant deux semaines, Whittaker va avoir toutes les filles du campus à ses trousses.

« Quoi ? Hein ? Pourquoi ? »

– Et alors, tu ne me crois pas capable de le séduire ? demanda London.

– Si. Tu as autant de chances que n'importe qui, répondit Vienna. Mais qui sait ce qui se passe dans sa grosse tête ? Moi, j'ai toujours pensé qu'il était gay.

Je me retins de rire et posai la dernière paire de chaussures à la place qui lui revenait. Si Whit était homo, cela expliquait le peu de sensualité qu'il avait mis dans ses baisers...

– Il peut bien être gay, ça ne m'empêchera pas de l'utiliser..., décréta London.

Elles éclatèrent de rire en chœur. Je me relevai et m'essuyai les mains sur mon tablier. Je brûlais de savoir pourquoi London convoitait Whit. Parce qu'il était riche ? C'était peu probable. Les filles de ce dortoir avaient toutes de l'argent à foison. En même temps, il me tardait de quitter leur chambre, et j'avais le sentiment qu'elles ne me diraient rien de plus.

– J'ai fini ! annonçai-je.

– C'est bon, tu peux y aller, me lança London avec hauteur.

Avant de sortir, je lui décochai un regard mauvais qu'elle ne remarqua même pas. Je courus dans le couloir jusqu'à ma chambre, dépassant sans les voir les portraits en noir et blanc des anciennes pensionnaires de Billings. La veille encore, j'avais admiré le chic de ce dortoir, les boiseries luisantes, l'épaisse moquette et les appliques murales en bronze. À présent, je ne voyais que des choses à nettoyer, à frotter ou à cirer. J'avais la main sur ma poignée de porte quand j'entendis des pas dans le couloir, derrière moi.

– Mademoiselle Brennan...

Je fermai les yeux, au désespoir. C'était affreux d'échouer si près du but.

Mme Lattimer, la surveillante de la maison Billings, s'approcha de moi d'une démarche entravée par sa jupe étroite. C'était une femme sans âge coiffée d'un chignon et vêtue d'un chemisier boutonné jusqu'au menton. Elle était maigre, osseuse, et avait une vilaine peau. Ses yeux étaient maquillés à outrance, comme si elle espérait, en attirant l'attention sur eux, faire oublier la grande tache de vin qu'elle avait au menton. Lorsque je lui avais été présentée, le soir de mon arrivée à Billings, elle m'avait considérée avec un tel mépris que depuis je m'étais appliquée à l'éviter.

– Mademoiselle Brennan, j'ai cru comprendre que vous aviez fait tous les lits ce matin, commença-t-elle, les mains croisées sous le menton.

Quoi ? Comment était-elle au courant ?

– Il semblerait que vous ayez oublié le mien. J'apprécierais qu'à l'avenir vous me témoigniez la même courtoisie qu'aux autres occupantes de ce dortoir.

Elle plaisantait ? Non seulement elle était au courant du bizutage en cours, mais elle le cautionnait ? Elle voulait en profiter ! C'était un comble !

– Suis-je assez claire ? me demanda-t-elle.

– Euh... ouais.

– Bien, fit-elle en hochant la tête.

Nous restâmes un instant face à face, silencieuses.

– Je ne vous retiens pas, dit-elle enfin, me congédiant d'un geste.

– D'accord.

J'ouvris la porte de ma chambre, entrai et m'adossai au battant, regrettant qu'il n'y ait pas un loquet, une alarme, ou je ne sais quel dispositif pour me garantir un peu d'intimité. Je soupirai, à bout de nerfs. Toute la journée, je m'étais attendue à être convoquée à Hell Hall pour répondre aux questions de la police. Incapable de me concentrer, j'avais réduit en charpie une bonne dizaine de feuilles de papier. Personne n'était venu me chercher, et ce soir la rumeur disait que la police avait commencé par interroger les terminales. Le tour des élèves de seconde ne viendrait pas avant la fin de la semaine.

Dommage ! J'étais pressée d'en finir. Il me semblait que ce n'était plus du sang qui coulait dans mes veines, mais de la caféine pure. Pourquoi les enquêteurs ne venaient-ils pas me chercher, au moins moi ? N'avaient-ils toujours pas appris que Thomas avait une petite amie ?

Je me décollai de la porte pour aller m'allonger sur mon lit et scrutai la pièce. Ma nouvelle chambre ! Avec tout ce qui était arrivé, je n'avais pas encore eu le temps de l'admirer. Elle était pourtant trois fois plus spacieuse que celle que j'occupais à Bradwell, et avait une fenêtre donnant sur la cour. Mon bureau était immense et équipé d'une jolie lampe. Ma penderie était si grande que le lit paraissait minuscule à côté. Contrairement à celles de mes camarades, elle était presque vide, ne contenant ni collection de chaussures, ni boîte à bijoux, ni babioles d'aucune sorte.

En vérité, ma moitié de chambre était d'une nudité pathétique comparée à celle de Natasha, qui était décorée d'affiches et meublée d'étagères où les livres et les cahiers s'alignaient avec soin. Malgré tout, c'était chez moi. Chez moi, à Billings. J'étais dans le dortoir de mes rêves. Toutes les corvées que mes camarades pourraient m'imposer n'étaient rien en regard de la joie que cela me procurait.

Je me relevai et me dirigeai en traînant les pieds vers mon bureau. Mes livres étaient encore dans le carton où les filles les avaient mis pour les transporter. Je décidai d'employer le peu d'énergie qui me restait à les ranger.

Je pris trois ouvrages d'histoire que mon prof m'avait conseillé d'emprunter à la bibliothèque et les hissai jusqu'à l'étagère. Celui du milieu glissa et tomba avec un bruit sourd. J'eus beau essayer de retenir les autres, ils suivirent le même chemin et j'en reçus un sur les orteils.

– Aïe ! pestai-je à mi-voix.

Je m'assis à terre, adossée contre le bureau, et poussai un soupir d'aise. Quel soulagement d'être enfin assise ! Le déballage attendrait.

Dans un ultime effort, je ramassai deux livres, que je posai sur mes genoux. Une feuille pliée en quatre tomba au sol. Je la récupérai et la tournai entre mes mains. Elle ne m'évoquait rien. S'était-elle échappée d'un livre ? Était-ce une lettre d'amour que quelqu'un avait oubliée dans un ouvrage avant de le rendre à la bibliothèque ? Intriguée, je la dépliai et mes yeux tombèrent aussitôt sur la signature. Le mot était dactylographié, mais signé à la main.

Par Thomas !

Mon pouls s'emballa. Je le sentis battre dans mes tempes et au bout de mes doigts. Je ramenai les genoux vers ma poitrine, me débarrassai des livres et déchiffrai la page, les mains tremblantes.

Chère Reed

Je pars ce soir. Je n'ai plus le choix. Un ami m'a parlé d'un centre de désintoxication qui accueille les mineurs sans autorisation parentale. Je ne te dirai pas où il est, car je ne veux pas que tu essaies de me retrouver. Ni toi, ni personne. Je veux me soigner, et je dois pour cela rompre avec mon entourage.

Je t'en prie, ne m'en veux pas. C'est mieux pour toi aussi. Tu es trop bien pour moi. Je ne t'attirerais que des ennuis, tu le sais. Je tiens énormément à toi, mais je suis convaincu que tu mérites mieux que moi.

J'ai seulement besoin de temps. De passer un moment seul, loin de mes parents et de toute cette folie. Tu me comprends ? Je suis sûr que oui : tu me connais mieux que personne.

Tu me manques déjà, Reed. Plus que tu ne peux l'imaginer !

Je t'aime !

Thomas

Le soulagement déferla sur moi avec une telle force que des larmes me brouillèrent la vue. Je m'essuyai les yeux et relus plusieurs fois la lettre. Thomas allait bien. Il était sain et sauf. Il n'était pas évanoui dans une flaque de vomi. Il était parti chercher de l'aide. Il était allé se faire soigner. En fait, il allait bien mieux qu'avant.

J'inspirai à fond et relus sa lettre. Une nouvelle émotion prit alors le pas sur mon soulagement, et je sentis les muscles de ma nuque se crisper. C'était une lettre de rupture ! Thomas m'avait quittée. Après que je lui avais offert mon aide inconditionnelle, il était parti sans me dire au revoir, en laissant une lettre de rupture cachée dans mes affaires. Quel goujat !

En plus, c'était hasardeux de laisser un mot dans un livre en espérant que je tomberais dessus. J'aurais pu rendre le bouquin à la bibliothèque sans l'avoir trouvé. J'aurais pu continuer à m'inquiéter indéfiniment ! Cela lui aurait-il tant coûté de me téléphoner ? Un coup de fil de cinq secondes aurait suffi pour me dire la même chose. Ne voyait-il pas quelle torture c'était pour moi ?

– Connard ! m'écriai-je en chiffonnant la lettre.

Je la balançai à l'autre bout de la pièce. Pour qui Thomas se prenait-il pour décider ainsi que c'était fini entre nous, sans me demander mon avis ? Pour disparaître en laissant tout le monde se faire un sang d'encre ?

Deux secondes après avoir jeté la lettre, je me levai pour la ramasser, de peur que Natasha ne la trouve. Je la lissai sur mon bureau et la relus une dernière fois.

Je l'avais à peine terminée qu'il me vint une pensée terrible. Les enquêteurs ! Devrais-je leur parler de cette lettre ? La leur montrer ? Thomas n'aurait pas voulu que je le fasse, bien entendu. Il fuyait ses parents. Si je le trahissais, ces derniers retrouveraient sa trace avant qu'il n'ait pu se soigner. Cependant, ne pas en parler revenait à dissimuler une pièce à conviction. C'était prendre un gros risque.

Si seulement j'avais pu parler à Thomas... Le voir... Le convaincre d'être raisonnable et d'assumer ses actes. Avait-il à ce point peur de ses parents ?

Je l'imaginai loin d'ici, seul, essayant de prendre sa vie en main, de se soigner. L'émotion m'étreignit le cœur. J'avais beau être furieuse contre lui, il me manquait cruellement. J'étais inquiète pour lui. J'aurais tellement voulu le voir et lui promettre que tout allait s'arranger.

Et peut-être aussi lui coller une magistrale paire de claques.

C'est étonnant de voir combien l'amour et la haine sont proches.

– Arrête ! dis-je tout haut.

Je ne voulais plus y penser pour l'instant. J'étais trop fatiguée. Trop irritable. Je repliai la lettre et la glissai au fond d'un tiroir de mon bureau, que je refermai d'un coup sec.

Au moins, maintenant, je savais que Thomas était là, quelque part. S'il avait un minimum de savoir-vivre, il finirait bien par me téléphoner. Je n'étais pas disposée à me contenter d'une lettre : il fallait qu'on parle !

Diaporama

Après une longue douche, dont je profitai pour réfléchir, je me sentais infiniment mieux. La lettre de Thomas m'avait chamboulée, mais elle m'avait également ôté une grosse épine du pied. Finalement, il avait rompu avec moi avant que Whittaker ne m'embrasse dans les bois. Je ne l'avais donc pas trompé. Adieu la culpabilité ! Je devais aussi m'avouer que son absence m'arrangeait. Ainsi, je n'aurais pas à ménager la chèvre et le chou en le fréquentant à l'insu des filles Billings.

Maintenant que j'arrivais à voir les choses de façon pragmatique, il ne me restait plus qu'à me renseigner sur l'Héritage et trouver un moyen d'y aller. Dash paraissait certain que Thomas y serait. Il avait même dit que celui-ci *était* l'Héritage. Si c'était vrai, il n'allait pas laisser un vulgaire centre de désintoxication se mettre en travers de son chemin.

Lorsque je le verrais, je commencerais par le houspiller pendant une bonne heure, avant de lui donner une chance de s'expliquer. Thomas avait raison sur un point : le fréquenter ne me valait rien. Passée la première semaine de béatitude, il n'avait pas arrêté de me déstabiliser, me blesser ou me mettre dans l'embarras. Mais cette première semaine avait été délicieuse ! Si intense que j'avais fait l'amour avec lui. Et cela, je ne l'oublierais jamais. Je n'admettais pas qu'après avoir pris ma virginité il ait osé filer à l'anglaise, en pleine nuit, en ne me laissant rien d'autre qu'une lettre. Ce que nous avions fait était important pour moi, et je voulais qu'il le sache. Je voulais lui dire que je ne l'oublierais pas. Que je ne l'oublierais jamais, même si notre rupture devait être définitive.

J'enfilai mon peignoir, pris une serviette et quittai la salle de bains en me frottant énergiquement la tête. Je ne vis pas Natasha avant de lui rentrer dedans.

– Oh, pardon ! m'écriai-je.

Je portai ma main libre à ma poitrine et me mis à rire.

– Tu m'as fait une de ces peurs !

Natasha resta impassible, l'air lugubre.

– Qu'est-ce qu'il y a ? lui demandai-je, soudain tendue.

– Il faut qu'on parle.

– D'accord ! fis-je en souriant.

Elle alla ouvrir son ordinateur portable sans se départir de sa mine sinistre.

– Assieds-toi !

Elle m'offrit sa chaise de bureau. Je la regardai avec perplexité avant d'obtempérer.

– Qu'est-ce qu'on fait ?

– Je veux juste te montrer un petit diaporama...

Elle se pencha au-dessus de moi et je rougis lorsque sa poitrine opulente effleura mon épaule. Elle cliqua sur une icône. Une photo s'afficha à l'écran. Je mis quelque temps à identifier ce qu'elle représentait. C'était une langue. Une langue en très gros plan. Le cliché suivant était cadré plus large. Je faillis m'étrangler en le découvrant. C'était bien une langue. C'était même la mienne ! C'était une photo de moi, hilare et les yeux mi-clos.

– Quand l'as-tu prise ? demandai-je.

– Regarde et tais-toi ! me commanda-t-elle.

J'obéis. Sur la photo suivante, on me voyait boire une bière au goulot dans un sous-bois. Sur la suivante, j'enlaçais Whittaker. On nous voyait ensuite quitter la clairière bras dessus, bras dessous. Puis moi, les bras autour du cou de Whit, la bouche entrouverte, une flasque d'alcool à la main. La bouche de Whittaker collée sur la mienne, mes mains sur son visage. La main de Whittaker sur mes seins...

La peur et la honte me submergèrent lorsque je vis ce dernier cliché. J'avais la tête renversée, de sorte que je semblais gémir de plaisir, alors qu'en réalité j'étais sur le point de vomir. Quelle horreur !

– Pourquoi… pourquoi tu me montres ça ? demandai-je à Natasha alors que le diaporama recommençait.

Je détournai la tête pour ne plus les voir, ni elle, ni l'écran.

– Pour que tu mesures le sérieux de la proposition que je vais te faire, répondit-elle.

Elle me fit tourner sur sa chaise de bureau, croisa les bras et me regarda dans les yeux.

– Tu sais ce que ces photos signifient, n'est-ce pas ? Tu comprends que, si je le décide, je peux te faire virer ?

Mes yeux s'embuèrent. Elle avait raison. Elle avait la preuve que j'avais gravement transgressé plusieurs interdits. Et le pire, c'était que Whittaker et moi semblions l'avoir fait seuls. Nous étions une douzaine dans les bois ce soir-là, mais personne d'autre ne figurait sur les photos.

– Pourquoi ferais-tu une chose pareille ?

Dire que je l'avais crue sur parole quand elle avait prétendu être mon amie… J'étais vraiment trop naïve !

– J'ai besoin que tu me rendes un service.

– Quoi ?

J'étais déjà plus ou moins à sa disposition. Avait-elle vraiment besoin de ce chantage pour arriver à ses fins ?

– Ce sont Noëlle Lange et ses copines qui ont fait virer Leanne, dit Natasha. Elles l'ont piégée.

Cette affirmation ne me surprenait pas. Leanne Shore, la compagne de chambre de Natasha, avait été renvoyée parce qu'on avait découvert qu'elle avait triché à un examen, ce qui était contraire au code de l'honneur. Le jour de son départ, Natasha avait accusé Noëlle d'avoir monté l'affaire de toutes pièces. J'étais présente quand elle lui avait craché cette accusation au visage, mais je m'étais dit qu'elle était folle à lier.

– Comment ? Comment le sais-tu ? demandai-je.

– Je le sais, c'est tout ! répliqua Natasha. Le problème, c'est que je n'en ai pas la preuve. C'est là que tu interviens.

« Au secours ! Non ! Elle ne va pas me... »

– Comme tu fais le ménage, tu as accès à leurs chambres, reprit Natasha. Je veux que tu me procures cette preuve. Tu vas fouiller leurs affaires de fond en comble. Elles ont forcément gardé quelque chose. Je les connais : elles adorent les trophées. Trouve-moi ce qu'il me faut pour les épingler.

Je la fixai, sentant à peine les gouttes d'eau glacée dégouliner de mes cheveux dans mon cou.

– Je... je ne peux pas, protestai-je.

Si elles me prenaient sur le fait, je perdrais tout. Elles me chasseraient de Billings et ne m'adresseraient plus jamais la parole. Tout ce que j'avais construit s'écroulerait. Sans compter que Noëlle me tuerait.

– Mais si, tu peux ! répondit Natasha avec un méchant rictus. Sauf si tu préfères que j'envoie ces photos au doyen, à l'administration, à tous les élèves et tous les profs du lycée.

Je fixai de nouveau l'écran. On y voyait la langue de Whittaker fouiller ma gorge. Je fus prise d'un violent haut-le-cœur. Je tentai péniblement d'avaler ma salive. Des larmes ruisselèrent sur mes joues. Ces photos signaient mon arrêt de mort.

– Je croyais qu'on était amies, murmurai-je.

Qui sait, la culpabilité fait parfois des miracles... Je me raccrochais à ce que je pouvais.

– Oh, comme c'est charmant ! roucoula Natasha. Alors, marché conclu ?

Je la dévisageai. Il n'y avait pas l'ombre d'une hésitation dans ses yeux. Natasha, que Noëlle surnommait « miss politiquement correct », était soi-disant la gardienne de l'ordre moral à Easton. Était-ce bien la même personne qui prenait des photos compromettantes de ses prétendues amies et les utilisait pour les faire chanter ? Cela dit, elle présidait aussi le club des jeunes républicains. Si je me fiais à ce que j'avais lu et entendu, le chantage était une manœuvre courante chez ces gens-là.

– Reed ? Je t'ai posé une question.

Mes mains tremblaient. J'étais incapable de faire ce qu'elle attendait de moi. Avec tout ce que les filles Billings m'avaient donné... Avec tout ce qu'elles pouvaient me reprendre !

Mais Natasha pouvait me prendre davantage encore. J'en avais la preuve sous les yeux.

Dans tous les cas, j'étais perdante.

– Ouais, marché conclu…, dis-je.

– Bien. Maintenant, va te coucher ! me conseilla Natasha en fermant le diaporama. Tu as une grosse journée qui t'attend, demain.

Présents

Le lendemain matin, je me débarrassai de mes corvées méthodiquement, l'esprit ailleurs. Je ne sais pourquoi, les filles s'étaient levées tôt et avaient quitté leur chambre de bonne heure. Cela me permit de faire les lits sans avoir à écouter leurs commentaires narquois ni répondre à leurs exigences. Tout le temps que je passai dans la chambre de Noëlle et Ariana, la voix de Natasha résonna dans ma tête comme un disque rayé.

– ... Ce qu'il me faut pour les épingler... les épingler... les épingler...

Je regardai la penderie de Noëlle. Elle semblait m'inviter à la fouiller. Le dortoir était désert. Il ne me faudrait que quelques minutes. Si Natasha mettait ses menaces à exécution, je me retrouverais bientôt à Croton entre ma mère accro aux médicaments et mon père déprimé. Ce serait la fin de tout.

D'un autre côté, si je fournissais à Natasha la preuve qu'elle exigeait, Noëlle et ses amies se feraient renvoyer par ma faute. Elles me haïraient, certes, mais je resterais à Easton. À Billings. Même sans elles, je pourrais encore tirer mon épingle du jeu.

Elles avaient beau être plus influentes que leurs camarades, je pourrais toujours faire valoir ma présence dans le plus prestigieux des dortoirs. Ce n'était pas rien.

Alors, franchement, qu'avais-je à perdre ?

Je me dirigeais vers la penderie, mais soudain une peur panique s'empara de moi. Je ne pouvais pas faire cela. Je ne pouvais pas fouiner dans les affaires de Noëlle, aider Natasha à dénoncer les rares personnes à m'avoir témoigné un peu d'intérêt depuis le départ de Thomas. Elles avaient beau m'imposer des corvées, c'étaient mes amies. Les seules. Je me persuadai donc que je n'avais pas le temps, que je m'en occuperais plus tard, et je passai mon chemin.

En sortant de la douche, je me fis une queue de cheval, pris mes livres et sortis dans le couloir. C'est alors que j'entendis leurs exclamations joyeuses.

– Regarde ce sac ! Il est divin !

– Ouvre le gros ! Le gros !

Un bouchon de champagne sauta et plusieurs filles poussèrent des cris perçants. Que se passait-il au rez-de-chaussée ? On aurait dit un mauvais épisode du *Bachelor*. Je descendis lentement l'escalier et m'arrêtai sur la dernière marche, saisie. La pièce était pleine de ballons blancs gonflés à l'hélium. Toutes les pensionnaires de Billings étaient rassemblées autour d'un tas de cadeaux qui s'élevait au centre de la salle, tandis que des emballages s'amoncelaient tout autour. Le sol était jonché de rubans et de papier de soie. Je vis Kiran passer une écharpe avant d'avaler d'un trait le contenu d'une coupe de champagne.

Il était sept heures et demie du matin.

– Que se passe-t-il ? demandai-je.

– Lèche-vitres ! Je te cherchais justement ! s'écria Kiran.

Elle prit une petite boîte et me la tendit avec un geste plein d'emphase.

– Tiens. C'est pour toi !

Je l'ouvris. C'était un iPod. Un iPod couleur turquoise, en édition limitée.

– Hein ? Pourquoi ?

Ma question provoqua un éclat de rire général.

– C'est l'anniversaire de Kiran, m'expliqua Taylor, les joues encore plus roses qu'à l'accoutumée.

Tout le monde l'ovationna.

– Ah ? Bon anniversaire ! lui dis-je en souriant.

– Et, quand c'est l'anniversaire de Kiran, on a toutes des cadeaux, m'apprit Vienna entre deux gorgées de champagne.

– Je ne comprends pas...

– C'est chaque année la même chose, dit Kiran en levant les yeux au ciel. Je reçois un tas de merdes des stylistes, des photographes et des rédacteurs de mode. Il y en a tant que tout ne rentrerait pas dans ma chambre.

– En plus, il y a toujours des doubles, dit Noëlle en montrant du doigt un sac Vuitton.

– Alors, je donne tout, déclara Kiran, radieuse. Ou presque tout. Cette année, je crois que je vais garder les bagages.

– Ah ? fit Rose avec une moue déçue.

Elle convoitait visiblement les cinq sacs assortis qu'elle couvait du regard depuis mon arrivée.

– Donc ça, c'est pour toi, me répéta Kiran en agitant sa flûte.

– Vraiment ? Même Cendrillon a droit à un cadeau, plaisantai-je.

Kiran et Noëlle se regardèrent et pouffèrent.

– Même Cendrillon ! me confirma Noëlle.

Je n'étais pas dupe : je récupérais ce dont personne ne voulait. Toutefois, j'aurais eu tort de me plaindre. C'était déjà surprenant qu'elles aient pensé à moi.

– Viens par ici ! me dit Kiran.

Elle me passa un bras autour de la taille et m'entraîna vers le tas de cadeaux.

– Il y a forcément des trucs que personne n'a réclamés. Poussez-vous, tout le monde ! Laissez lèche-vitres choisir quelque chose !

Quelques protestations s'élevèrent, mais les filles obéirent. Je regardai, estomaquée, les emballages aux logos de grands couturiers, les petites boîtes bleues surmontées de gros nœuds blancs, les grosses boîtes noires ceintes de rubans dorés... C'étaient les cadeaux de Kiran, et elle nous les offrait. Même à moi. Sans condition.

– Regarde, Reed ! Cette couleur t'irait à merveille, me dit Taylor en brandissant une superbe robe rouge.

– Prends la veste en daim, me suggéra Ariana en me passant une boîte. Tout le monde devrait avoir une veste en daim.

– On va te transformer en *fashionista*, m'annonça Kiran en m'offrant du champagne.

– Waow ! C'est fabuleux ! m'extasiai-je. Merci, Kiran !

– N'est-ce pas ? dit-elle en se plantant devant moi. Mais c'est aussi à cela que servent les amies, non ?

La culpabilité me serra le ventre. Les amies ? Si elle avait su qu'une minute plus tôt j'avais failli fouiller dans ses affaires. Ses affaires, mais aussi celles de Noëlle, d'Ariana et de Taylor. M'appellerait-elle encore son amie ? Sans doute pas.

Je tentai de me rassurer en me rappelant que j'en avais juste eu l'intention. Je n'avais rien fait. Je ne les avais pas trahies. Du moins, pas encore.

Pour la première fois, je mesurai pleinement ce que j'avais à perdre en aidant Natasha. Si je lui donnais ce qu'elle voulait, mes amies seraient renvoyées. Elles quitteraient le lycée et sortiraient de ma vie, pour toujours.

Cela donnait à réfléchir.

Un garçon bien élevé

Toute la matinée, j'assistai aux cours dans un véritable état de stupeur. Si ma prof d'histoire de l'art m'avait interrogée pendant son exposé sur les impressionnistes, je lui aurais sans doute répondu : « Le carré de l'hypoténuse. » C'est à peine si je savais où je me trouvais.

Espionner ou ne pas espionner ? Voilà la question qui me taraudait. Et, quand je l'oubliais un instant, c'était pour ruminer un autre sujet tout aussi déplaisant : les enquêteurs viendraient-ils bientôt me chercher ? Leur parlerais-je alors de la lettre de Thomas ?

En bref, j'avais toutes les peines du monde à me demander si Claude Monet avait ou non révolutionné la peinture. Quand mon quatrième cours se termina enfin, je fus la première à passer la porte. Je me précipitai dehors, car j'avais un besoin pressant de respirer un peu d'air frais. Il fallait aussi que je me vide la tête. Je n'avais pas retenu un mot de ce que mes professeurs avaient raconté de toute la matinée. Si je ne me dépêtrais pas bientôt de ces histoires, je serais renvoyée pour cause de notes lamentables, évitant ainsi à Natasha la peine de me dénoncer.

Je sortis dans la cour ensoleillée et décidai d'aller tranquillement vers la cafétéria. Chemin faisant, je ferais l'effort de respirer à fond, afin de reprendre mes esprits. J'étais convaincue que quelques minutes de solitude me feraient le plus grand bien.

– Bonjour, Reed !

Walt Whittaker était adossé à un pilier, juste devant le bâtiment que je venais de quitter. Aussitôt, le vilain diaporama de Natasha me revint à l'esprit. Un méli-mélo répugnant de mains, de lèvres et de langues.

Apparemment, Whit avait décidé qu'il était temps de me parler. On peut dire qu'il avait choisi son moment !

– Salut, fis-je en le dépassant sans m'arrêter.

Comme toujours, plusieurs commères me suivirent du regard. Whit les ignora.

– J'espérais qu'on pourrait parler..., me lança-t-il.

Avec ses grandes jambes, il m'avait rattrapée en moins de deux foulées.

Je soupirai bruyamment. Ce n'était pas sa faute. Ce n'était pas lui qui me faisait du chantage. Pour autant que je sache, il n'était même pas au courant de l'existence de ces photos. Je songeai que, de toute façon, je ne pourrais pas l'éviter éternellement. « Allez, et qu'on en finisse », pensai-je. Cela me ferait un sujet de préoccupation en moins.

Je quittai le sentier pour gagner l'ombre d'un érable doré. Il m'emboîta le pas. Je levai les yeux vers lui et réprimai un mouvement de recul.

– Comment vas-tu ? me demanda-t-il.

Ses yeux marron étaient pleins de sollicitude.

– Bien. Et toi ?

– Bien, merci. Écoute, au sujet de l'autre soir, je...

Mon estomac se révulsa.

– Je voulais m'excuser. J'avais bu une goutte de trop et je pense que toi aussi, tu...

Il me regarda, attendant une confirmation.

– Une goutte, ouais...

– Alors, voilà : j'ai peur d'en avoir un peu profité, dit-il en regardant ses mocassins. Et j'en suis sincèrement désolé.

Waow ! Un mec de mon âge qui se comportait en gentleman... Les bras m'en tombaient. Je ne m'étais pas trompée sur son compte, même si j'avais porté mon premier jugement sous l'emprise de l'alcool. Whit était vraiment un mec sympa. Je ne pouvais pas lui faire payer la méchanceté de Natasha.

– Ce n'est pas grave, dis-je.

– Si, c'est grave. Je...

– Arrête, Whittaker ! insistai-je. J'étais là, moi aussi. Je savais ce que je faisais.

Enfin, à peu près. En voyant les photos, la veille au soir, j'avais quand même été un peu surprise.

– Je suis aussi responsable que toi, tranchai-je.

Whittaker me sourit avec reconnaissance.

– N'empêche, tu es une dame. Tu mérites d'être traitée comme telle.

« Tu parles ! »

– Merci, dis-je en m'efforçant de sourire.

– Alors, maintenant que cet épisode déplorable est derrière nous, serais-tu d'accord pour que l'on soit... amis ?

« Amis ? Quoi ? Euh, oui ! Merci ! Merci, merci, merci ! »

– Bien sûr !

– Parfait ! Alors, c'est entendu ! dit Whittaker.

Il prit ma main, la souleva et y déposa un baiser. Je fronçai les sourcils. Aucun ami ne m'avait jamais fait un truc pareil.

– J'ai rendez-vous avec le doyen dans deux minutes, me confia-t-il. On se revoit au dîner ?

– D'accord ! À tout à l'heure.

Alors qu'il s'éloignait à grands pas, je me demandai s'il était sincère quand il prétendait vouloir être mon ami.

Je décidai de ne pas m'attarder sur la question. J'avais déjà assez de sujets de réflexion. Pour l'instant, je le croirais sur parole et plus tard, si nécessaire, je lui rappellerais que c'était son idée.

Confidence

À mesure que la police interrogeait les élèves, le moulin à ragots du lycée s'emballait. Le renvoi de Leanne Shore, qui avait un temps défrayé la chronique, faisait pâle figure en comparaison des récents événements. Tout le monde questionnait tout le monde, mais personne ne savait rien. C'était horripilant. Dans ces conditions, inutile de dire que l'ambiance était explosive.

– Tu as du nouveau ? me demanda Constance en s'asseyant près de moi au début du cours de maths – le dernier de la journée.

– Non. Et toi ?

– Il paraît qu'ils ont gardé Dash McCafferty pendant plus d'une heure, dit-elle, le souffle court. Et on raconte que Taylor Bell est ressortie en larmes du bureau des enquêteurs.

– Tiens, c'est bizarre ! Pourquoi Taylor aurait-elle pleuré ?

– Qui sait ? dit Constance. Peut-être qu'elle craquait sur Thomas...

Taylor ? Impossible ! Il était plus probable que la situation l'ait affectée, ou que quelqu'un ait inventé cette histoire de toutes pièces.

Je me rappelai les mots de Noëlle et me demandai si Thomas s'amusait vraiment à nos dépens de la pagaille qu'il avait causée. Était-ce pour cela qu'il n'avait prévenu personne de son départ ? Pour la dix millième fois, je regrettai de ne pouvoir l'interroger. Enfin, tout n'était pas perdu. Il fallait juste que je me renseigne sur ce fameux Héritage et que je décroche une invitation.

– Au fait, saurais-tu par hasard ce qu'est l'Héritage ? demandai-je à Constance.

Elle leva les yeux au ciel et s'affaissa sur sa chaise.

– Ouais. Vu que tout le monde ne parle que de ça. Et de toi, bien sûr...

– Qu'est-ce que c'est ?

– Une méga fête, à New York... C'est top secret. Du moins, pour les gens comme nous.

Je clignai des yeux, perplexe.

– Les gens comme nous ?

À part être élèves de seconde, Constance et moi n'avions pour ainsi dire rien en commun.

– Les gens qui ne font pas partie du gratin, résuma-t-elle. Seuls les élèves dont les parents et grands-parents ont fréquenté une école privée sont invités. Pas des gens comme nous, donc.

Ce fut à mon tour de m'affaisser. C'était donc cela que les filles voulaient dire lorsqu'elles prétendaient qu'on ne m'y verrait jamais.

– Ah bon...

– Ouais. C'est nul, non ? Cette fête doit être incroyable. Missy Thurber m'a dit que l'an dernier tous les mecs présents ont reçu une rolex en platine, et les filles, un collier Harry Winston. Je ferais n'importe quoi pour avoir un Harry Winston ! Ma mère ne veut pas que je porte de vrais bijoux avant mes dix-huit ans. Elle a peur que je les perde.

– Mince..., dis-je, voyant s'envoler mes espoirs.

– Mais toi, tu es à Billings maintenant. Tu pourras sans doute y assister quand même.

– Comment ça ?

– On ne refuse rien aux filles Billings. Tu vas sûrement recevoir une invitation automatique.

Je réfléchis un instant. Ce n'était pas absurde. Tout le monde à Easton savait que les filles Billings n'étaient jamais tenues à l'écart de rien, à moins de le vouloir. Ce serait peut-être l'occasion d'exercer mon nouveau privilège. C'était ma seule chance de revoir Thomas.

– Oh, mon Dieu, le voilà ! s'écria Constance en me prenant le bras.

Mon cœur s'arrêta de battre. Je suivis son regard.

– Thomas ?

– Non, Walt Whittaker ! chuchota-t-elle en rapprochant son bureau du mien. C'est vrai, j'avais entendu dire qu'il était rentré de voyage !

La bonne blague ! Je me retournai et aperçus en effet Whit dans le couloir, en grande conversation avec notre prof de maths. Les villes jumelles, London et Vienna, rôdaient dans les parages. Visiblement, London s'était lancée en campagne.

– Tu le connais ? demandai-je à Constance.

– Si je le connais ! Nos parents sont des amis de toujours, dit-elle sans me lâcher le bras. Ce sont même eux qui m'ont suggéré de venir étudier ici. Oh, mon Dieu, regarde comme il est sexy !

Une alarme retentit dans ma tête. Je me redressai légèrement.

– Pardon ?

– Il a perdu vachement de poids ! continua Constance. Il doit faire du sport...

Perdu du poids ? Sans blague ! Combien pesait-il avant, deux quintaux ?

– Attends, est-ce qu'il... Est-ce qu'il te plaît ? demandai-je, incrédule.

Constance s'arracha à la contemplation de Whit et me regarda avec des yeux pleins d'étoiles. On aurait dit une groupie, au premier rang d'un concert de pop.

– Je craque sur lui depuis que j'ai dix ans, me confia-t-elle. Il sait à peine que j'existe, mais je...

– Et Clint ?

Elle avait un petit ami à New York, que je sache !

Constance s'esclaffa.

– Oh, Clint, tu sais ! Si Walt Whittaker me montrait un tout petit peu d'intérêt, je le quitterais comme ça, fit-elle en claquant des doigts.

– Ah bon ! Je ne savais pas, dis-je en m'affaissant de nouveau.

J'avais du mal à imaginer qu'un mec comme Whit puisse inspirer une telle passion à quelqu'un. Mais bon, c'était le signe qu'il y en avait pour tous les goûts. Le seul problème, c'était que l'élu du cœur de Constance était aussi le mec qui m'avait embrassée à pleine bouche, quelques soirs plus tôt.

– C'est normal, c'est un secret ! me dit Constance. Promets-moi de n'en parler à personne.

– C'est promis ! Ne t'inquiète pas, je sais tenir ma langue.

« La preuve : je ne te dirai jamais ce que j'ai fait dimanche soir dans les bois ! » ajoutai-je en pensée.

Amis ?

Une nuit passa, puis une autre. J'étais toujours sans nouvelles de Thomas. Entre les corvées, les cours et le reste, mes journées étaient bien remplies. Je m'évertuais aussi à éviter Natasha, ce qui n'était pas facile, vu que nous partagions la même chambre. Je n'avais pas fouillé la penderie de Noëlle, ni aucune autre. Je n'avais même pas ouvert un tiroir. Tant que Natasha ne m'en reparlait pas, je pouvais toujours croire qu'elle n'y pensait plus.

Tout cela m'épuisait. Je ne dormais plus, je mangeais à peine et j'attendais toujours que la police vienne me chercher pour m'interroger. À la fin de la semaine, j'avais l'impression de n'être plus que l'ombre de moi-même.

Le vendredi, au déjeuner, je plaçai mon plateau surchargé à l'extrémité de la table Billings et distribuai les plats qu'on m'avait commandés avant de me laisser tomber lourdement sur une des dernières chaises libres. Je soupirai et sortis mon cahier de maths. Nous avions une interro l'après-midi, et je ne savais même pas sur quel chapitre elle portait.

Je feuilletai mon cahier avec apathie, notant que j'avais le bout des doigts douloureux. À force d'utiliser les détergents, mes mains s'étaient gercées et crevassées. Mes articulations aussi me faisaient souffrir. Je devenais une vraie travailleuse de force.

Une ombre tomba sur mon livre au moment où je choisissais enfin un chapitre. Quelqu'un s'éclaircit la voix. Je levai les yeux à contrecœur.

Whit s'approcha de moi, les mains dans le dos. Il portait un pull vert bouteille à motif pied-de-poule.

– Bonjour, Reed ! me lança-t-il avec un sourire béat.

– Salut.

Je regardai autour de moi. Plusieurs personnes nous observaient avec un intérêt non dissimulé. London, assise à la table voisine, semblait particulièrement intriguée. Elle arrêta même de se pomponner pour se tourner vers nous.

– Qu'y a-t-il ? demandai-je à Whittaker.

– J'ai quelque chose pour toi. C'est trois fois rien, ne t'inquiète pas. C'est juste que... Quand je les ai vues, j'ai pensé à toi.

– De quoi tu parles ?

Il sortit une petite boîte de derrière son dos. Elle était grise, lustrée, et portait des inscriptions dorées. Je la regardai fixement. Quoi qu'elle contienne, j'avais le pressentiment que ce n'était pas le genre de présent qu'on offre à une simple amie. D'ailleurs, le seul fait qu'il m'offre quelque chose était suspect.

Je jetai un coup d'œil autour de moi. London me toisait avec un mélange de défi et de jalousie, tandis que Vienna semblait abasourdie. J'aperçus Constance au fond de la salle. Elle faisait la queue au self et semblait n'avoir rien remarqué.

– Vas-y, prends-la ! me dit Whittaker.

Si je faisais des manières, cela ne servirait qu'à attirer davantage l'attention. Pour l'instant, la seule personne qui ne devait pas voir était loin de nous.

– Pourquoi hésites-tu, Reed ? me demanda Kiran. Ce sont des bijoux.

– Tu lui offres des bijoux ? s'étonna Josh, visiblement contrarié.

– Ce n'est rien, vraiment ! insista Whittaker. Ouvre, Reed, tu verras.

Je lui souris avec embarras et pris la boîte. Elle contenait un écrin, avec lequel je me débattis un instant, les mains tremblantes. Il s'ouvrit avec un claquement qui me fit sursauter. Je faillis le lâcher et le rattrapai juste à temps.

– Oh, la vache ! m'exclamai-je.

Éclat de rire général.

Deux grosses boucles d'oreilles carrées serties de diamants reposaient sur un lit de satin noir. Elles étaient plus coûteuses que tout ce que j'avais jamais possédé, et que je posséderais certainement jamais. Taylor et Kiran se hissèrent sur la pointe des pieds pour les voir. London et Vienna se mirent à genoux sur leurs chaises, manquant de se renverser l'une l'autre.

– Ça alors ! s'exclama London.

Vienna lui donna un coup de coude, et elle se mit à bouder.

– Excellent choix, Whit ! fit Kiran. Tu as l'œil !

Whittaker parut apprécier le compliment.

– J'ai dîné en ville avec ma grand-mère, hier soir. Quand je les ai vues dans la vitrine, je me suis dit qu'elles étaient faites pour toi, Reed... Qu'en penses-tu ? Elles te plaisent ?

Des boucles d'oreilles en diamants ! *Mes* boucles d'oreilles. Toutes les filles assises à cette table en possédaient. Quand elles les portaient, je m'efforçais de ne pas trop les regarder, pour dissimuler ma convoitise. Désormais, j'en avais moi aussi. Je ne savais pas quoi répondre, à part « pourquoi ? ». Pourquoi Whit me faisait-il un tel cadeau ?

– Elles sont... magnifiques ! murmurai-je.

Je dus faire appel à toute ma force de caractère pour ajouter :

– Mais je ne peux pas les accepter.

– Bien sûr que si, dit Whittaker sans se démonter.
– C'est trop ! insistai-je.
– Reed, siffla Noëlle entre ses dents. Ne sois pas grossière.

Mes voisines m'adressaient toutes le même regard d'avertissement. Aurait-il été vraiment déplacé de refuser ces bijoux qui auraient suffi à payer mes frais de scolarité ? Aurait-il été grossier de ma part d'empêcher Whit de gaspiller son argent ? De ne pas l'encourager à me faire la cour, puisque c'était peine perdue ?

Apparemment, dans leur monde, la réponse était affirmative.

Je levai les yeux vers Whittaker. Il semblait si heureux, si plein d'espoir. Pour rien au monde je n'aurais voulu l'humilier devant les autres. De plus, Constance allait arriver d'une seconde à l'autre. Cette scène lui briserait le cœur.

– Merci, Whit ! C'est vraiment très gentil, dis-je enfin.

Je fermai l'écrin et le glissai dans sa boîte.

– Tout le plaisir était pour moi, m'assura Whit avec un sourire satisfait.

Puis, jetant un coup d'œil par-dessus mon épaule :

– Oh, je vois Mme Solerno ! Je ne l'ai pas encore saluée. Ma grand-mère me tuerait si elle l'apprenait.

Sa grand-mère ? Qui était cette vieille dame qui emmenait son petit-fils en ville et le laissait dépenser son argent à tort et à travers ?

– Je reviens de suite, m'assura-t-il.

Il me pressa affectueusement l'épaule et s'éloigna.

– Eh bien, Whit est fou de toi ! commenta Ariana à la seconde où il fut parti.

– Tant mieux pour lui ! approuva Dash, tel un papa fier de son rejeton.

– Tu passes déjà à autre chose, Reed ? me lança Josh.

Mes joues s'embrasèrent et un profond silence s'abattit sur notre table. Josh rougit à son tour, comme s'il venait juste de comprendre ce que ses mots avaient de blessant. Il baissa les yeux.

– Premièrement, Hollis, la vie privée de Reed ne te regarde pas ! lui lança Noëlle d'un ton coupant. Deuxièmement, ton copain s'est tiré sans prévenir. Elle a tout à fait le droit de passer à autre chose.

– Désolé, fit Josh.

Il froissa sa serviette de table en boule et la jeta devant lui.

– Je vous laisse. On m'attend.

Il se leva de table, m'adressa un regard contrit et s'en alla. Après son départ, je fus incapable de rien avaler pendant une bonne minute. Tout le monde me regardait en silence, attendant que je me décide à parler. Je commençai par fourrer les boucles d'oreilles dans mon sac.

– Euh... désolée de vous décevoir, mais Whittaker et moi sommes juste amis, dis-je enfin.

– Ben ouais ! ironisa Gage en suçant sa cuillère. Moi aussi, j'achète des bijoux à cinq mille dollars à mes amis.

Je fus prise d'un soudain vertige. Cinq mille dollars ? Cinq mille dollars !

– Allez, Nouvelle, donne-lui sa chance ! fit Dash d'une voix enjôleuse.

Il goba un grain de raisin avant d'ajouter :

– Il l'a bien mérité...

Noëlle lui frappa le bras du dos de la main et tous les mecs se mirent à ricaner.

– Ha ! ha ! les imitai-je en me replongeant dans mon cahier. Non, vraiment ! On est amis, point final. Si vous ne me croyez pas, demandez-le à Whit. C'est son idée.

– Mh-mmh, marmonna Natasha d'une voix qui me donna le frisson. Tu peux toujours essayer de t'en persuader...

Piqûre de rappel

– Reed.

La tête rentrée dans les épaules, je continuai à marcher contre le vent comme si de rien n'était.

– Reed ! Reed, je sais que tu m'entends.

Je m'arrêtai et me tournai vers Natasha. Avec ses mèches rebelles qui ondulaient dans le vent, elle me fit penser à Méduse.

– J'ai remarqué que tu m'évitais, dit-elle en serrant ses cahiers contre elle. Je t'ai laissée tranquille un moment, le temps que tu fasses ce que je t'ai demandé. Maintenant, tu vas me dire ce que tu as trouvé.

– Rien.

Elle fronça les sourcils.

– Rien ?

Je soupirai et fixai mes pieds.

– J'ai eu d'autres préoccupations, expliquai-je sur un ton faussement détaché. Les cours, le foot, la disparition de mon mec...

– Tu ne pensais pas à ton mec quand tu rampais sur Whittaker, répliqua-t-elle. J'ai aussi le mail de Thomas dans mon carnet d'adresses, figure-toi. Tu ne voudrais pas qu'il apprenne qui tu es vraiment ?

– C'est-à-dire ? demandai-je, sentant une soudaine colère me brûler le visage.

Natasha fit un pas vers moi.

– Une salope qui le trompe et boit au point de ne plus tenir debout. À mon avis, il n'apprécierait pas non plus de savoir d'où viennent les bijoux que tu as dans ton sac. Des cadeaux d'un autre mec... Ouais, c'est sûr : tu as le profil de la nana fidèle et éplorée !

Il me vint une terrible envie de la gifler, et je l'aurais probablement fait si plusieurs professeurs et officiers de police n'avaient rôdé dans les parages.

– Tu ne leur dois rien, Reed, continua Natasha. Fais ce qui est juste. Sinon, tu sais où je serai obligée d'en arriver...

Elle fit demi-tour et s'éloigna d'un pas léger, comme si nous venions de discuter de la pluie et du beau temps. Je me retournai et sursautai en me retrouvant nez à nez avec Josh.

– Désolé de t'avoir fait peur, dit-il en tripotant la sangle de son sac à dos.

– Ce n'est pas grave.

Je le dépassai sans ralentir. J'avais entendu assez de méchancetés pour la journée.

– Reed, laisse-moi au moins m'excuser…

Je m'arrêtai et soupirai.

– Qu'est-ce qui t'a pris, franchement ?

Il s'avança vers moi, tout penaud.

– Je ne sais pas. Je suis désolé. C'est sorti tout seul.

– Noëlle avait raison : ce que je fais ne te regarde pas.

– Reed, arrête, ne dis pas ça ! protesta-t-il.

– Pourquoi ?

– Parce que…

Il haussa les épaules.

– J'espérais qu'on pourrait être amis. Tu es une des seules personnes normales dans ce bahut, et je t'aime bien.

C'était dit si gentiment que j'en oubliai ma rancœur.

– Ah bon ?

Josh sourit. Un sourire craquant.

– Ben ouais…

– Alors pourquoi m'as-tu agressée comme ça ? lui demandai-je. C'était blessant.

– Je sais. Je suis désolé. Il m'arrive d'être un affreux donneur de leçons. C'est un défaut dont j'essaie de me corriger. En attendant, j'aimerais que tu me pardonnes.

Je souris malgré moi.

– C'est bon. Tu es pardonné.

– Vraiment ? Merci. Je suis sincèrement désolé.

– N'en parlons plus, proposai-je en lui tendant la main.

– D'accord. Bon, il faut que je file en cours.

Ah oui, les cours ! Cet aspect important de ma vie à Easton se retrouvait bien loin sur ma liste de priorités.

– À plus tard, me lança Josh.

– À plus tard, répondis-je en me dirigeant vers le bâtiment où se trouvait ma salle de cours.

C'était incroyable. En deux secondes, Josh Hollis m'avait presque fait oublier les menaces de Natasha.

Presque.

Accusation

Le nez dans mon cahier de maths, j'attendais le début du cours en remuant nerveusement les jambes sous la table. J'abandonnai mes révisions de dernière minute lorsque Constance se laissa tomber sur la chaise voisine.

– Prête pour l'interro ? lui demandai-je.

– Ouais. Mais, avant, je voudrais te poser une question.

Sa voix était anormalement haut perchée. Elle croisa les doigts et se tourna vers moi.

– Pourquoi Walt Whittaker te fait-il des cadeaux ?

Aïe ! L'heure de vérité !

– Tu l'as vu ? demandai-je en me frottant les tempes pour chasser une soudaine migraine.

– Non. C'est Missy et Lorna qui me l'ont dit. Je n'arrive pas à le croire !

Baissant la voix, elle ajouta :

– Hier, je te confie les sentiments que j'ai pour lui, et aujourd'hui je découvre que vous sortez ensemble. Je suis vraiment trop bête !

– Constance, ce n'est pas ce que tu crois ! me défendis-je. On ne sort pas ensemble. Il n'y a rien entre nous.

– Bien sûr ! fit-elle, sarcastique. N'empêche, je me demande ce que dirait Thomas s'il l'apprenait...

Encore une qui savait frapper là où ça fait mal.

– Rien. Il ne dirait rien, car il n'y a rien ! répliquai-je, catégorique.

Constance se tourna vers le tableau. La classe se remplissait peu à peu dans un calme surprenant. Je soupirai.

– Écoute, repris-je, il est possible que Whit ait un petit faible pour moi, mais c'est tout. Il va très vite passer à autre chose, parce que je n'éprouve rien pour lui, je te le jure.

Comment aurais-je pu m'intéresser à lui, obsédée comme je l'étais par la disparition de Thomas et par mon souci de savoir s'il se portait bien ? Cependant, je repensai à l'accusation de Josh à la cafétéria et je compris que Constance, pas plus que lui, n'était capable de lire dans mes pensées. Je ne pouvais pas leur en vouloir de me croire infidèle.

Constance me considéra du coin de l'œil.

– Tu me le jures ?

– Oui, je te le jure !

Elle se détendit légèrement et se renversa sur sa chaise au moment où M. Crandle arrivait. Notre prof de maths était en grande discussion avec un autre professeur.

– Si Whittaker te plaît à ce point, tu devrais aller lui parler, chuchotai-je à Constance. Peut-être que vous pourriez sortir ensemble.

Elle rosit, loucha sur ses ongles vernis et croisa sagement les jambes au niveau des chevilles.

– Il ne sait même pas que j'existe...

– Ça m'étonnerait ! Whit n'est pas du genre à oublier une vieille amie de la famille.

– Peut-être, admit-elle en se mordant la lèvre. Je ne sais pas... Mais, s'il ne se souvient pas de moi, j'aurai l'air ridicule !

Elle releva soudain la tête ; son visage rayonnait.

– Mais toi, tu pourrais lui parler de moi. Juste une allusion, pour voir ce qu'il dit.

Elle était trop mignonne, vraiment ! Il ne lui manquait plus qu'un nœud rose dans les cheveux.

– Oui, si tu veux.

– C'est vrai ? Tu ferais cela ? s'écria-t-elle en me prenant la main. Ce serait sensationnel !

Pourquoi pas ? Je venais de me dire que j'avais tout à gagner à jouer les entremetteuses. Si Whittaker craquait sur Constance, cela ferait bien mon affaire. Les filles Billings seraient déçues que je ne sorte pas avec leur protégé, mais elles ne pourraient pas me reprocher qu'il soit tombé amoureux d'une autre. En plus, Whit serait heureux. Il cesserait de me poursuivre de ses assiduités et je pourrais me concentrer sur des questions plus sérieuses : comment me dépêtrer du chantage de Natasha, par exemple. Comment avoir des notes correctes et comment aller à l'Héritage. En somme, cela serait positif pour tout le monde : pour moi, pour Whit et pour Constance.

– Sans problème, lui dis-je avec un sourire bienveillant.

– Merci ! Merci infiniment !

Sur ces entrefaites, M. Crandle entra, suivi de l'autre professeur. C'était la première fois que je le voyais et soudain, alors que des chuchotements s'élevaient dans la classe, mon cœur se mit à battre la chamade. Ce n'était pas un professeur !

– Mademoiselle Brennan, je vous présente l'inspecteur Hauer, dit M. Crandle. Il aimerait vous parler. Soyez gentille de prendre vos affaires et de le suivre.

Tous les élèves se retournèrent pour me regarder, consternés. Ils devaient bien savoir pourtant que cela arriverait tôt ou tard. Je rassemblai mes livres et mes cahiers avec des mains tremblantes et louchai vers le policier. C'était un petit homme trapu, vêtu d'une chemise chiffonnée. Il était debout près de l'entrée, les mains dans le dos, et semblait épier chacun de mes gestes.

Je me sentis aussitôt coupable. Mais de quoi ? D'avoir trouvé une lettre de Thomas ? La belle affaire !

Je me levai et m'approchai du policier sur des jambes flageolantes.

– Bonjour, Reed, me dit-il d'une voix caverneuse.

– Bonjour.

À elle seule, mon intonation plaidait coupable.

– Vous pourrez faire le devoir demain, mademoiselle Brennan, me dit gentiment M. Crandle lorsque je franchis le seuil.

Le devoir ? Ah, oui... le devoir.

Interrogatoire

« Dis-leur...

– Non, ne dis rien ! Thomas t'en voudrait à mort...

– Et alors ? Vous êtes déjà plus ou moins en froid, non ? D'ailleurs, c'est la loi... Ils risquent de t'arrêter si tu dissimules des informations !

– Ne dis rien ! Ses parents fondraient sur lui comme du beurre de cacahuètes sur un toast. Ce serait une trahison !

– Parce qu'il ne t'a pas trahie, lui, en te quittant par courrier ? Allez, dis-leur...

– Non !

– Allez !

– Non. Non, non, non ! »

– Vous n'avez aucune raison d'être inquiète, Reed, me dit l'inspecteur Hauer, interrompant mon monologue intérieur.

Je cessai de mâcher le cordon de ma capuche et m'assis bien droite.

– Je ne suis pas inquiète, lui assurai-je d'une voix suraiguë, assez peu convaincante.

– Voulez-vous boire quelque chose ?

– Non, merci. Ça va.

Je souris à l'inspecteur, qui s'assit derrière le grand bureau du doyen Marcus, puis au commissaire Sheridan, debout dans un coin de la pièce. Derrière moi, Mlle Naylor, mon professeur référent, était installée dans un fauteuil confortable. Elle était là pour me servir d'avocat : si les policiers essayaient de me frapper avec un annuaire téléphonique, elle devait poliment leur demander d'arrêter. Quant à savoir si elle remplirait son rôle, c'était une autre question. Mlle Naylor ne s'était jamais réjouie de ma présence à Easton, et ne semblait pas m'apprécier outre mesure.

– Nous avons cru comprendre que M. Pearson et vous sortiez ensemble, commença l'inspecteur en consultant une feuille posée devant lui.

– Oui.

Je tendis le cou pour essayer de lire ce qui était écrit sur son papier.

– Depuis combien de temps ? s'enquit-il.

Il rapprocha la feuille de lui. Le commissaire s'assit, ramena le bras droit contre son ventre et posa le coude gauche par-dessus, la main sous le menton.

– Depuis fin septembre. Ça ne faisait pas très longtemps.

– Je vois, dit l'inspecteur. Est-ce sérieux ?

Je m'éclaircis la voix avant de répondre :

– Cela dépend de ce que vous entendez par « sérieux »...

Il me sourit avec indulgence.

– Vous le connaissez bien ?

– Assez bien, je crois. Enfin, on a tous nos secrets...

Ses sourcils dessinèrent une flèche sur son front.

– Vraiment ?

Malédiction ! Qu'est-ce qui m'avait pris de dire ça ?

– Est-ce que Thomas vous a confié certains de ses secrets, mademoiselle Brennan ? Le secret de l'endroit où il se trouve, par exemple ?

« Oui. »

– Non. Il ne m'a rien dit.

L'inspecteur me regarda fixement, comme s'il essayait de déchiffrer mes pensées. Je me mis à transpirer.

– Est-il exact que vous vous êtes disputés devant la cafétéria, la semaine dernière ?

J'étais en nage à présent.

– Comment avez-vous... ?

– Plusieurs témoins nous l'ont rapporté.

Sympa ! Est-ce que tous les élèves interrogés dans ce bureau m'avaient montrée du doigt ?

– Oui, nous nous sommes disputés.

– À quel sujet ?

« Je venais d'apprendre qu'il dealait de la drogue et fournissait tout le lycée. »

– Euh... je préférerais ne pas le dire.

L'inspecteur Hauer et le commissaire Sheridan affichèrent la même expression incrédule.

– Nous préférerions que vous nous le disiez, mademoiselle Brennan, intervint le commissaire, s'adressant à moi pour la première fois. Nous nous efforçons simplement de découvrir où Thomas a pu aller. Parfois, les gens ne mesurent pas l'importance de certains détails. Il est possible que vous sachiez des choses susceptibles de nous aider. C'est ce que nous tentons de découvrir, rien de plus.

– Ah… D'accord. Je… je me suis aperçue qu'il me mentait.

– À quel sujet ?

– Il disait avoir parlé de moi à ses parents et j'ai découvert que c'était un mensonge.

C'était vrai. Cela faisait même partie de mes récentes déconvenues.

– J'étais furieuse, repris-je. On a rompu.

– Vraiment ? fit l'inspecteur en haussant les sourcils.

– Oui. Puis on s'est réconciliés, précisai-je. Vous savez comment c'est…

Je pouffai. Le policier se frotta les tempes et soupira. Je devais lui paraître bien inconstante, en plus de tout le reste.

– Quand vous êtes-vous réconciliés ? me demanda-t-il en griffonnant sur sa feuille.

– Vendredi matin.

– Vendredi matin ?

Il parut intrigué.

– Oui.

– Donc, le jour où Thomas a disparu.

Je me raclai machinalement la gorge et manquai de m'étrangler.

– Pardon ! fis-je en toussant. Oui.

– Quand avez-vous vu M. Pearson pour la dernière fois ?

– Là. Je veux dire : ce matin-là. Dans mon...

« Non, idiote ! Le règlement interdit de recevoir des garçons dans sa chambre. Si tu avoues la vérité, tu vas te faire virer ! »

Mlle Naylor fronça les sourcils et me regarda avec suspicion.

– Je veux dire : derrière mon dortoir. Enfin, derrière mon *ancien* dortoir. Bradwell. Avant le petit déjeuner... Je suis à Billings maintenant. Si jamais vous avez besoin de le savoir pour...

« Tais-toi. Tais-toi. Tais-toi ! »

– Et vous ne l'avez pas revu de la journée ?

– Non. J'ai essayé de lui téléphoner plusieurs fois, mais je suis tombée sur sa messagerie.

– Mademoiselle Brennan, est-ce que Thomas Pearson vous a contactée d'une quelconque manière depuis la dernière fois que vous l'avez vu ? demanda l'inspecteur.

Je gardai le silence une seconde de trop.

– Mademoiselle Brennan. Thomas Pearson vous a-t-il contactée ? s'impatienta le policier.

« Oui. Non. Oui. »

– Non, répondis-je.

– Vous ne lui avez pas parlé ?

« Parlé ? Non ! J'ai juste lu sa lettre. »

– Reed ?

– Non, répétai-je.

Pouvaient-ils obtenir un mandat de perquisition pour fouiller ma chambre ? En avaient-ils seulement besoin ? Peut-être étaient-ils déjà en train de le faire, pendant que j'étais coincée ici. Je devais absolument brûler la lettre.

– Non.

L'inspecteur et le commissaire me dévisagèrent un très long moment. Je me voyais déjà embarquée à l'arrière d'une voiture de police et emmenée au poste pour subir un interrogatoire plus poussé. Je me rappelai qu'Ariana m'avait conseillé de me préparer à cette entrevue, afin de savoir à l'avance ce que je dirais. J'aurais dû l'écouter.

– Vous en êtes sûre ? insista l'inspecteur.

– Oui.

C'est le seul mot que je fus capable de prononcer.

– Bon, très bien, mademoiselle Brennan, conclut enfin le commissaire. Merci de nous avoir consacré de votre temps.

Sollicitude

Je sortis du bureau complètement lessivée, tout juste bonne à faire une sieste. Après avoir refermé la porte, je m'adossai au mur de brique et poussai un long soupir. Un lustre de verre dépoli, qui grésillait au plafond, me fit lever les yeux.

« S'il vous plaît, faites que Thomas revienne ! priai-je en silence. Faites qu'il appelle quelqu'un. N'importe quoi, pourvu que ce cauchemar s'arrête ! »

– Ça va, Reed ?

Kiran se leva d'un banc voisin, rangea son iPhone et vint à ma rencontre de son pas chaloupé. Impeccablement maquillée, elle semblait comme toujours sortir d'un défilé de mode milanais. Rien à voir avec mon look de rescapée d'un cataclysme.

– Qu'est-ce que tu fais là ? lui demandai-je avec brusquerie.

Je m'étais crue seule.

Elle me regarda en haussant les épaules, comme si la réponse était évidente.

– Je voulais juste voir si tu allais bien. Désolée de t'avoir dérangée.

– Tu voulais voir si j'allais bien ? répétai-je, incrédule.

– Oui. J'ai entendu dire que tu avais été convoquée et j'ai pensé que tu allais vivre un moment difficile. Mais si tu préfères être seule...

Elle balaya sa frange d'un geste et tourna les talons. Je lui posai une main sur le bras pour l'arrêter. Le velours de sa veste était si doux que je la retirai aussitôt, de crainte de l'abîmer.

– Tu ne m'as pas dérangée, dis-je. Merci d'être venue.

De toutes les filles Billings, je pensais que Kiran serait la dernière à me témoigner ce genre d'attention. Elle me regarda de bas en haut et esquissa un sourire.

– De rien. Allez, viens avant que Naylor ne me surprenne à sécher les cours. Elle serait trop heureuse de me coincer.

Nous filâmes vers l'escalier du fond. C'était celui que j'avais emprunté en courant à perdre haleine, la nuit où Kiran et ses amies m'avaient mise au défi de voler un énoncé d'interro dans le bureau d'un professeur. Cette mission m'avait tellement stressée que j'avais frôlé la crise cardiaque. En comparaison de ce que je vivais aujourd'hui, cela me paraissait reposant. Je serais prête à voler un énoncé chaque soir si cela pouvait effacer tout le reste.

Kiran me précéda au rez-de-chaussée et poussa la porte à battants donnant sur l'arrière du bâtiment.

– Tu retournes en cours ? se renseigna-t-elle en chaussant ses lunettes Gucci.

– Non. Ils m'ont proposé de passer la fin de la matinée en étude.

Kiran hocha la tête et s'engagea sur le sentier menant à la bibliothèque. J'avais des tas de questions à lui poser : comment avait-elle appris que j'allais être interrogée ? Comment avait-elle fait pour sortir de cours ? Pourquoi Mlle Naylor voulait-elle la coincer ? Je les gardai pour moi.

– Alors, comment ça s'est passé avec les flics ? me demanda-t-elle.

– Bien. C'était juste un peu éprouvant pour les nerfs.

– Pourquoi ?

– Je ne sais pas. Tu as déjà été interrogée, non ?

Elle hocha la tête.

– Je déteste la façon qu'ils ont de nous regarder. Comme si on était coupables...

– Ils ne m'ont pas regardée comme ça, se défendit Kiran.

Ah ? Voilà qui était rassurant !

– En plus, ce n'est pas la première fois que j'ai affaire à la police, ajouta-t-elle, blasée.

– Ah bon ?

– J'ai été suivie plusieurs fois par des détraqués. À chaque fois, c'est moi qu'on interroge, comme si j'étais responsable. Ce n'est pas ma faute si des tarés passent des heures devant leur ordinateur, à fantasmer sur ma photo.

J'inspirai à fond et tentai de chasser l'image mentale d'un gros type chauve assis devant un écran... Beurk ! Pourvu que je ne devienne jamais célèbre.

– Qu'est-ce qu'ils t'ont demandé ? enchaîna Kiran.

– Sûrement la même chose qu'à toi et aux autres.

– Ça m'étonnerait.

Remarquant mon regard surpris, elle ajouta :

– Tu es la petite amie.

– Ouais, mettons... Ils voulaient savoir où j'en étais avec Thomas, et quand je l'avais vu pour la dernière fois.

– Qu'est-ce que tu leur as dit ?

– La vérité. Que je l'ai vu vendredi matin.

– C'est tout ? insista-t-elle. Juste par curiosité...

– Ouais. Enfin, non : ils m'ont aussi demandé si j'avais eu des nouvelles de lui depuis.

– Évidemment...

– Et je leur ai répondu que non.

Elle me regarda du coin de l'œil, comme pour dire : « Ouais, à d'autres ! »

– C'est vrai ! m'écriai-je. Pourquoi personne ne veut me croire ?

– Sans doute parce que, si Thomas était entré en contact avec quelqu'un, ç'aurait été avec toi, dit calmement Kiran. Il est réputé pour être complètement accro à ses nanas et se faire mener à la baguette.

– Ses nanas ?

Kiran rentra le menton et me regarda par-dessus ses lunettes noires.

– Tu ne pensais quand même pas que tu étais la première ! De quel bus Greyhound[1] es-tu tombée ?

« Qui ? Quoi ? Les avais-je rencontrées ? Étaient-elles ici, à Easton ? Qui étaient-elles ? »

– Non ! dis-je en riant. Mais c'était différent avec moi.

– C'est ce que tu crois, marmonna Kiran.

Nous étions arrivées devant la porte de la bibliothèque. Kiran s'arrêta, ôta ses lunettes et posa sur moi ses yeux magnifiques, aux cils interminables.

– Écoute, ne t'en fais pas pour la police, me conseilla-t-elle. Si tu leur as dit tout ce que tu savais, tu n'as pas à t'inquiéter.

Je me sentis mieux pendant une fraction de seconde, sans doute parce que Kiran cherchait à me rassurer et que j'y vis une preuve d'amitié. Hélas, ce qu'elle ne savait pas, c'était que je n'avais pas tout dit à la police. Loin de là.

---

1. Une compagnie d'autocars qui propose des voyages relativement bon marché.

– De toute manière, tu n'y es pour rien, ajouta-t-elle.

– Merci, dis-je ! C'est sympa d'être venue m'attendre.

– Je suis venue parce que j'en avais envie, répliqua-t-elle.

Elle remit ses lunettes de soleil, poussa la porte de la bibliothèque et me précéda dans la salle à l'atmosphère surannée.

– J'adore cet endroit ! chuchota-t-elle, sarcastique.

– Tu m'étonnes ! dis-je en riant.

Personnellement, je me réjouissais de passer quelques heures au calme. Je crois même que rien ne m'avait paru aussi attrayant depuis mon arrivée à Easton.

L'arme parfaite

L'attention que m'avait témoignée Kiran, toute surprenante qu'elle était, m'avait complètement dissuadée de fouiller dans ses affaires. Je ne voulais pas davantage espionner Noëlle, Ariana ou Taylor. Ces filles étaient mes amies, et il n'était pas question que je les trahisse. Il faudrait que Natasha le comprenne, car ma décision était irrévocable.

Mes corvées terminées, je regagnai ma chambre afin de régler cette question une bonne fois pour toutes. Avant d'entrer, je pris une grande inspiration et j'entendis Natasha se déplacer dans la pièce. J'avais résolu de lui tenir tête. J'allais lui conseiller de renoncer à son projet, au nom de la morale. Elle avait forcément une conscience, pour être à ce point bouleversée par l'injustice faite à sa camarade de chambre. Afin de la convaincre de me laisser en paix, je lui signalerais que son chantage était aussi injuste que la prétendue machination de mes amies à l'encontre de Leanne.

– Si tu veux entrer, il faut ouvrir la porte, Nouvelle ! fit une voix moqueuse dans mon dos. À moins que tu n'aies des super pouvoirs...

Je me retournai et vis Cheyenne, que je n'avais pas entendue arriver. Je la fusillai du regard avant de me faufiler dans la chambre.

Natasha était en plein rangement. Son lit était jonché de matériel scolaire : des crayons, des gommes, des Post-it, des trombones... En refermant la porte, je la vis sortir plusieurs blocs d'un tiroir de son bureau et les lancer sur son oreiller.

– Ah, te voilà ! fit-elle. Où en est-on ?

– Pardon ?

– Où en est-on de notre petit projet ? répéta-t-elle avec impatience. Ne me dis pas que tu as oublié notre dernière conversation. S'il faut te rafraîchir la mémoire, je peux te repasser le diaporama...

Elle se dirigea vers son ordinateur portable, qui se trouvait également sur le lit.

– Ce n'est pas la peine, grommelai-je.

Je me débarrassai de mon sac sur mon lit défait. Mes chaussettes de la veille traînaient par terre et mon bureau était encombré de canettes de soda vides. On ne dit jamais dans le conte de fées que Cendrillon a la chambre la plus désordonnée !

– Alors ? dit Natasha en croisant les bras. Tu fais le ménage depuis le dîner. Tu n'as rien trouvé ?

– Non.

Elle écarquilla les yeux.

– Rien ? Reed, je te soupçonne de ne pas prendre cette affaire très au sérieux.

– Natasha, ce sont mes amies ! m'écriai-je, désespérée. Je ne veux pas leur faire une chose pareille.

Natasha cligna des yeux et je crus un instant l'avoir désarmée.

– Tu es *obligée* de le faire ! insista-t-elle, telle une fillette capricieuse.

Si c'était là son seul argument, la négociation s'annonçait difficile.

– Tu n'as pas un autre moyen de régler cette histoire ? demandai-je.

Natasha vint se camper devant moi et me regarda dans les yeux.

– Qu'est-ce que tu voudrais que je fasse ? Que je me pointe dans leur chambre pour exiger des aveux ? Non seulement, elles me riraient au nez, mais en plus elles s'empresseraient de détruire toutes les preuves qu'elles ont pu garder. Non. Le seul moyen de les coincer, c'est de les prendre par surprise. Elles te font confiance, et c'est leur faiblesse. Jamais elles ne te soupçonneront d'agir dans leur dos. C'est pourquoi tu es l'arme parfaite.

Je dévisageai Natasha. Elle avait étudié la question à fond. Cela me fit froid dans le dos.

– Pour les accuser, il me faut des preuves, continua-t-elle. Tu es la seule à pouvoir m'en donner.

– Natasha...

– Dois-je te rappeler où tu finiras si tu es virée d'ici ?

Mon sang se figea.

– Qu'est-ce que tu veux dire ?

– J'ai jeté un coup d'œil à ta ville natale, sur Internet. Très pittoresque ! Vous avez une chambre de commerce, et tout ! C'était touchant de voir avec quel enthousiasme vous avez accueilli l'ouverture d'un nouveau McDo, l'an dernier !

Je serrai les poings.

– Apparemment vous avez aussi une université, enchaîna-t-elle. On trouve quoi, comme job, avec ce diplôme ?

– Tu es vraiment cinglée ! sifflai-je entre mes dents.

– Tu te trompes. Je suis parfaitement saine d'esprit. C'est Noëlle et ses petites copines qui sont dérangées. Si tu fais ce que je te demande, tu t'en rendras compte très vite.

Elle pivota sur ses talons, retourna vers son lit et ouvrit son ordinateur.

– Sinon, j'ai juste à envoyer un e-mail...

– Non !

Natasha suspendit son geste, les doigts au-dessus des touches.

– Ne fais pas ça ! l'implorai-je, résignée. C'est d'accord, je vais le faire. Mais ça m'étonnerait que je trouve quoi que ce soit.

Natasha referma son portable.

– Bien sûr, ma chérie ! dit-elle avec condescendance. Bien sûr !

Indiscrétions

Le lendemain matin, je me levai avant le soleil. Je n'avais pas fermé l'œil de la nuit, et j'en avais assez d'être allongée à ruminer mes pensées en fixant le plafond. Des heures durant, je m'étais imaginé que Noëlle, Ariana, Kiran et Taylor me surprenaient en train de fouiller leur chambre. Chaque fois, je me représentais leur réaction. Dans l'un de mes rêves éveillés, Noëlle m'assommait avec une batte de base-ball, aspergeant ses amies de sang et de morceaux de cervelle.

Une fois debout, je fis mon lit, rangeai mes affaires et pris une douche. Natasha se retournait en grognant au moindre bruit, mais elle ne protesta pas. Encore heureux ! Après tout, c'était pour elle que j'allais commettre ce forfait.

Pour elle et pour moi. Pour mon avenir.

J'attendis pour passer l'aspirateur que toutes les filles soient réveillées. Certaines me saluèrent avant de quitter le dortoir ; les autres m'ignorèrent délibérément. Cela m'était égal. Mes pensées étaient toutes à la tâche qui m'attendait.

Je rôdais dans l'obscurité au fond du couloir quand Kiran et Taylor sortirent ensemble de leur chambre. Elles étaient en grande conversation pour savoir si les États voisins méritaient d'être visités. Kiran prétendait que non. Taylor était de l'avis contraire. J'attendis en tremblant qu'elles aient disparu pour m'introduire dans la pièce. Une fois à l'intérieur, je réalisai que ces précautions étaient superflues. J'avais un travail officiel à faire dans cette chambre. Les lits étaient sens dessus dessous, le linge sale s'entassait par terre et la salle de bains sentait le moisi. J'aurais pu arriver alors que Taylor et Kiran étaient encore là sans que cela leur paraisse suspect.

Un peu moins à cran, je m'attaquai aux lits. J'avais décidé de commencer par les tâches ménagères avant d'entamer mes recherches. Ainsi, même si je devais filer à l'anglaise, je laisserais la chambre impeccable.

Lorsque tout fut rangé, je me plantai au centre de la pièce et regardai autour de moi, me demandant par où commencer.

Je choisis la penderie de Kiran, car c'était l'endroit que je préférais. Avant de l'ouvrir, je prêtai l'oreille aux bruits environnants. Je n'entendis que l'eau d'une douche qui coulait dans une chambre voisine. Rien de suspect. Je pris mon courage à deux mains et fis coulisser les portes.

« Bon. Ne te laisse pas hypnotiser par les fringues hors de prix, me sermonnai-je avant de commencer. Rappelle-toi que tu es pressée d'en finir. »

Des boîtes de chaussures étaient posées au sol et s'empilaient sur trois niveaux. J'en comptai au moins trente-six. Je m'accroupis et ouvris la première, qui renfermait des escarpins noirs à talons aiguilles. La seconde contenait des sandales à brides en nubuck fauve. La troisième, des nu-pieds rouges à petits talons. Toutes étaient magnifiques. Il me vint l'envie folle de les essayer, et je dus faire un effort surhumain pour y renoncer.

« Concentre-toi, Reed ! C'est ton avenir qui est en jeu. »

Revenue à la raison, j'inspectai les boîtes une à une, mais n'y trouvai que des chaussures, des chaussures et encore des chaussures. Je passai ensuite en revue l'impressionnante collection de sacs à main, cabas et pochettes. Lorsque ce fut fini, j'étais en nage et découragée, convaincue qu'il me faudrait des heures pour regarder partout.

Décidant de régler la question des vêtements, je grimpai sur la chaise de bureau de Taylor et écartai soigneusement une première pile de pulls. Ils masquaient un objet insolite : une sorte de petit panneau sur lequel figurait un énorme « NON ! ». Intriguée, je sortis deux autres piles de pulls, les posai sur le lit de Kiran, puis remontai sur mon perchoir pour examiner ma trouvaille. C'était en fait une boîte fermée par un petit cadenas, couverte de lettres découpées dans des magazines et assemblées maladroitement pour former des mots, comme dans une lettre anonyme.

« NON ! »

« PASSEZ VOTRE CHEMIN »

« NE PAS TOUCHER »

Poussée par la curiosité, je tendis la main et attirai la boîte à moi. C'était un coffret en bois assez lourd. En plus des avertissements, des photos d'animaux décoraient sa surface : des cochons et des vaches surtout. De quoi diable s'agissait-il ?

J'effleurai le cadenas. Je m'attendais à ce qu'il soit fermé, mais ce n'était pas le cas. J'ouvris la boîte, le cœur battant. Une forte odeur de chocolat s'en échappa et je remarquai, scotchée à l'intérieur du couvercle, la photo d'une énorme paire de fesses pleine de cellulite, débordant d'un maillot de bain à fleurs.

Ça alors !

La boîte était pleine de friandises : Twix, Mars, tablettes de chocolat, Chamallows, boules de coco, barres de nougat, oursons en guimauve, crocodiles et fraises Tagada... Une véritable confiserie ambulante. Si Kiran ne voulait pas être tentée de manger ces sucreries, pourquoi les stockait-elle de la sorte ? Était-ce une forme de torture ?

J'avisai un petit carnet à spirale calé contre la paroi de la boîte et sortis un Mars pour le prendre. Je l'ouvris au hasard et tombai sur une date, le 9 septembre. Suivait la liste de tout ce que Kiran avait mangé ce jour-là et le nombre de calories correspondant. Tout en bas, on lisait « 20 Chamallows » et, juste après, un gribouillis rageur : « Non, non, non ! »

Je n'en croyais pas mes yeux. Ainsi, cette pauvre Kiran souffrait d'un désordre alimentaire pathologique !

Je tournai la page. Le lendemain, Kiran n'avait consommé aucune sucrerie, et elle avait dessiné un visage souriant. Les jours suivants, en revanche, elle avait fait une véritable orgie de chocolat et s'était copieusement réprimandée.

Manifestement, Kiran, le top model, n'était pas aussi parfaite qu'elle voulait le faire croire. Jamais je ne l'aurais soupçonné en la voyant composer ses repas à la cafétéria : elle choisissait les plats au gré de ses envies sans paraître se soucier le moins du monde de sa ligne. Enfin, j'avais beau la plaindre, je n'étais pas fâchée d'avoir fait cette découverte. C'était réconfortant, en un sens, de savoir que la perfection n'existait pas.

Je rangeai le journal alimentaire dans la boîte et remis tout en place. La fouille de la penderie n'avait rien donné concernant Leanne. Était-ce un bien ou un mal ?

Comme il me restait quelques minutes, je décidai de regarder sous le lit de Taylor. Je découvris trois boîtes en plastique à roulettes, qui semblaient pleines de cahiers et de carnets. J'en tirai une au hasard, éparpillant au passage une pile de feuilles couvertes d'une écriture manuscrite.

– Zut ! pestai-je à mi-voix en me dépêchant de les rassembler.

Elles étaient sans doute posées sur la boîte, et je ne les avais pas vues. Comment allais-je faire pour les remettre dans l'ordre ? Je priai pour qu'elles soient numérotées, puis je m'aperçus que cela n'avait aucune espèce d'importance : sur toutes les pages figurait la même phrase, répétée à l'infini : « Je suis une bonne élève. Je suis une bonne élève. Je suis une bonne élève. Je suis une bonne élève. Je suis une bonne élève... »

Je ne pus m'empêcher de rire, mais je m'en voulus aussitôt. J'avais sous les yeux la preuve que Taylor perdait complètement les pédales. On dit que les génies sont un peu fêlés, mais, là, c'était grave ! La fille la plus brillante qui ait jamais fréquenté ce lycée avait-elle à ce point besoin de se rassurer ?

Friandises cachées, affirmations obsessionnelles... Pas étonnant que Kiran et Taylor partagent la même chambre ! Mais savaient-elles seulement ce que l'autre cachait ?

– Taylor, tu viens ? cria quelqu'un au rez-de-chaussée.

– Une seconde ! J'ai oublié mon agenda.

J'entendis quelqu'un monter l'escalier quatre à quatre. Prise de panique, je remis les feuilles sur la boîte et voulus la repousser, mais elle heurta au passage un pied du lit. Ma seconde tentative fut la bonne. À l'instant où la boîte s'immobilisait, la porte s'ouvrit à la volée. Je me redressai, tirai sur mon pull et me retrouvai nez à nez avec Taylor, qui sursauta.

– Reed ! Tu m'as fait peur.

– Désolée, je finissais le ménage.

– Ah oui, c'est vrai...

Elle s'approcha de moi d'un pas incertain, comme si elle avait deviné ce que j'avais trouvé. Elle prit son organiseur sur son support et me sourit.

– Allez, viens. On va déjeuner.

– J'arrive. Il faut juste que j'aille prendre mon sac.

– D'accord ! Euh... dis-moi, Reed...

Elle s'arrêta sur le seuil, fouilla dans sa besace et en sortit une feuille imprimée.

– Tu connais bien les écrivains classiques, n'est-ce pas ?

– Ouais.

Je la suivis dans le couloir et refermai la porte derrière moi.

– Je me demandais si tu pourrais relire mon devoir, dit-elle en me tendant sa copie. Je sais que je suis en première et toi en seconde, mais j'ai besoin d'un regard extérieur. Je voudrais juste être sûre que c'est... que ça va.

– Je suis persuadée que c'est super ! lui assurai-je. Tout le monde dit que tu es la personne la plus intelligente qu'on ait jamais vue sur le campus.

Taylor esquissa un pâle sourire.

– C'est ce qu'ils croient. Mais j'ai quand même besoin de ton aide.

– Bien sûr. Je le lirai tout à l'heure, dis-je en m'éloignant dans la direction opposée.

– Où vas-tu ?

– Dans ma chambre, pour prendre mon sac. Je viens de te le dire...

– Ah oui, exact ! On se retrouve en bas, me lança-t-elle, joviale. Et... Reed ? Merci !

– De rien.

Je regagnai ma chambre, fermai soigneusement la porte derrière moi et jetai un coup d'œil à sa copie. Pauvre Taylor, qui doutait de la qualité de son devoir au point de le faire relire par une élève de seconde ! Et Kiran ! Qui aurait cru que cette fille à l'apparence irréprochable avait de tels secrets ?

Beaucoup d'élèves du lycée donneraient n'importe quoi en échange de cette information. Natasha, en revanche, s'en moquait éperdument. Une seule chose l'intéressait. Une chose bien précise que je n'avais pas trouvée. Pas encore.

Entremetteuse

Le samedi, il faisait un temps superbe. Le ciel était d'un bleu limpide et l'herbe humide de rosée était jonchée de feuilles aux couleurs de l'automne. C'était la journée idéale pour jouer au foot et se détendre, ce dont j'avais grand besoin pour évacuer toute l'agressivité que je refoulais depuis quelque temps. Nos adversaires, les filles de Barton School, ne savaient pas ce qui les attendait !

Je patientais avec Josh, Noëlle, Kiran et Taylor sur le parking où étaient stationnés les cars. Taylor et Kiran, qui jouaient au hockey, avaient elles aussi une rencontre avec l'équipe de Barton. La journée s'annonçait chaude : sifflets, hurlements et os broyés. Un vrai bonheur !

– Je n'ai pas assez dormi, gémit Josh en s'étirant. Et j'ai mangé trop de crêpes. Je me sens lourd.

– Tes coéquipiers vont t'adorer, le taquinai-je.

Josh jouait en défense, comme moi, mais dans l'équipe de foot masculine.

– Je ne sais pas comment tu peux avaler ces horreurs, fit Kiran. Une seule crêpe contient assez de calories pour tenir une semaine.

– Selon tes critères, plaisanta Noëlle. Et encore : toi, tu tiens quinze jours avec une pomme !

– N'importe quoi ! se rebiffa Kiran. Je mange. N'est-ce pas, Reed ?

– Bien sûr que tu manges, dis-je. Et tu es parfaite !

C'était la vérité, ou presque : jusqu'à ma découverte de la veille, Kiran m'avait paru s'alimenter normalement. En outre, un petit compliment n'avait jamais fait de mal à personne.

– Vous voyez, Reed dit que je mange ! triompha Kiran.

– OK ! OK ! Calme-toi. Garde ton énergie pour ton match, lui conseilla Noëlle.

– Si on changeait de sujet ? proposa Taylor en regardant Kiran avec inquiétude.

Peut-être savait-elle que son amie avait un rapport perturbé à la nourriture ? Peut-être même connaissait-elle l'existence de la boîte...

– D'accord ! fit Noëlle. Alors, Reed, où en es-tu avec Whittaker ?

Du coin de l'œil, je vis Josh se détourner brusquement pour s'intéresser à un arbre voisin.

– Où j'en suis ?

– Est-ce qu'il t'a fait sa déclaration ? demanda Kiran, moqueuse.

Taylor s'étrangla de rire.

– Est-ce qu'il t'a avoué sa flamme ? renchérit-elle.

– C'est vrai qu'il a l'air d'être d'une autre époque, dis-je. Comme s'il était resté bloqué sur la période « jupe-plissée-queue-de-cheval ».

– Moi, je trouve ça mignon ! déclara Noëlle. Et, au moins, il est galant.

Cette affirmation nous laissa sans voix. Kiran, Taylor, Josh et moi la regardâmes avec surprise. Noëlle fronça les sourcils :

– Quoi ? Qu'est-ce que j'ai dit ?

– C'est la première fois que je t'entends complimenter quelqu'un sans la moindre trace de sarcasme, souligna Kiran.

– Et pas n'importe qui ! ajouta Taylor. Walt Whittaker !

– Tu te soignes ? ironisa Kiran.

– Kiran, tu es top model. N'essaie pas d'être drôle ! la rabroua Noëlle.

Josh rit.

– Et pour info, continua-t-elle, j'essaie de brancher Reed avec Whit. Je ne vais quand même pas me moquer de lui avant qu'ils aient couché ensemble !

Un grognement unanime accueillit ces paroles.

– Ça ne risque pas d'arriver, dis-je, gênée. On est juste amis.

– Tu en es sûre ? me demanda Noëlle.

Elle fit un pas vers moi.

– Tout à fait sûre ! déclarai-je en relevant le menton.

Noëlle pouvait me faire balayer sa chambre, nettoyer sa brosse à cheveux et cirer ses chaussures, elle ne me dirait pas avec qui je devais sortir. Il y a des limites à tout !

Je croisai le regard de Josh, qui m'observait attentivement.

– Alors, tu devrais peut-être le lui dire, reprit Noëlle en me prenant les épaules pour me forcer à me retourner.

Whit arrivait vers nous. Quand il m'aperçut, un sourire radieux se dessina sur ses lèvres.

– Parce que pour moi, conclut Noëlle en désignant Whit du menton, ce n'est pas l'expression de quelqu'un qui vient de voir un ami !

– Bonjour à tous, fit le nouveau venu en inclinant la tête. Comment allez-vous, par cette belle journée ?

– Nous nous portons à merveille, Whit. Merci ! répondit Noëlle en passant un bras sur les épaules de Kiran, qui se détourna pour pouffer. Ne t'inquiète pas, on va vous laisser seuls !

– Ouais ! confirma Taylor. Salut, Whit !

Sur ces mots, les trois amies partirent bras dessus, bras dessous, m'offrant en sacrifice à Whittaker.

– À plus, me lança Josh avant de s'éloigner à son tour.

– À plus ! murmurai-je, désespérée.

– Bonjour, Reed, me lança Whit d'une voix rauque. Comment vas-tu ?

– Bien. Et toi ?

– Ça va. Merci.

Je lui tournai le dos et me dirigeai vers les cars. Naturellement, il m'emboîta le pas.

Devant les véhicules, les chauffeurs et les coachs discutaient avec animation pour savoir quel bus allait à quel endroit. Une erreur s'était glissée quelque part, et une petite foule d'élèves attendait patiemment qu'on lui dise où monter. Je soupirai, voyant s'envoler mon espoir de me débarrasser de Whit en allant m'asseoir à ma place.

– À quoi joues-tu ? me demanda-t-il.

– Au foot.

– C'est un sport violent. Tu m'as l'air bien délicate pour cela...

– C'est la preuve que tu ne me connais pas ! répliquai-je, plus sèchement que je ne l'aurais voulu.

Whit ne parut pas s'en offusquer. Au contraire, il me fit un grand sourire, comme si j'avais dit quelque chose de drôle. Puis, brusquement, il se rembrunit.

– Quoi ? demandai-je.

– Tu ne portes pas les boucles d'oreilles ?

Il tendit la main et pressa doucement le lobe de mon oreille droite entre son pouce et son index. Je secouai la tête pour me libérer.

Il ne voulait vraiment pas comprendre ! Fallait-il que je lui dise tout net que j'avais un mec ? C'eût été un mensonge, d'ailleurs ! Je n'en avais plus depuis que j'avais trouvé la lettre de Thomas ; mais ça, j'étais la seule à le savoir.

– Non... ce ne serait pas idéal pour jouer au foot, tu ne crois pas ?

– Je ne t'ai pas vue avec depuis que je te les ai offertes. Elles ne te plaisent pas ?

– Si ! Ce n'est pas ça. Je...

Du coin de l'œil, je repérai Constance, entourée de ses camarades de l'équipe de cross. Elle nous regardait. Je lui fis discrètement signe d'approcher.

– Pour moi, ce sont des bijoux réservés aux grandes occasions, expliquai-je à Whit. Je ne peux pas les mettre tous les jours.

Constance secoua la tête en signe d'incompréhension. Je répétai mon geste.

– Le bijoutier m'a affirmé le contraire, insista Whit. C'est pour cela que je les ai achetées. Pour que tu les portes tous les jours.

Quelqu'un gloussa derrière moi. Une oreille indiscrète ? Vu le tour embarrassant que prenait notre conversation, je préférai y mettre un terme. Pour cela, je fis la première chose qui me vint à l'esprit.

– Constance ! m'écriai-je assez fort. Je t'ai cherchée partout !

Constance joua la surprise à la perfection. Elle se figea, les yeux comme des soucoupes, puis tourna vivement la tête vers nous. Lorsqu'elle croisa le regard de Whittaker, sa physionomie se transforma : sourire enjôleur, battements de cils, rose aux joues...

– Salut, Reed ! Bonjour, Walt.

L'espace d'un instant, Whit sembla mécontent d'avoir été interrompu, qui plus est par quelqu'un qui employait son prénom. Puis il reconnut Constance et sourit.

– Constance ! Constance Talbot ! C'est vrai : mes parents m'ont dit que tu venais étudier ici ! Comme je suis content de te revoir !

Constance s'avança jusqu'à nous et Whittaker l'embrassa sur les joues. Elle rosit. Quant à moi, je feignis de mon mieux l'étonnement :

– Ça alors, vous vous connaissez, tous les deux ! C'est super ! Je n'ai pas besoin de faire les présentations.

Whit me jeta un regard interrogateur.

– Constance et moi partagions une chambre au début de l'année, lui expliquai-je en enlaçant ma camarade. Cette fille est géniale !

Constance rayonnait.

– Sais-tu qu'elle écrit pour *La Gazette* ? Constance, tu devrais lui parler de l'article sur lequel tu travailles...

L'intéressée piqua un fard et posa sur Whit des yeux pleins d'admiration

– Mais non ! Il n'a rien de spécial. Je préférerais que tu me racontes ton voyage, Walt. Ce devait être incroyable !

Bravo, Constance ! Elle était tombée pile sur son sujet préféré. Cette fille était plus douée qu'elle ne le pensait.

– Absolument ! répondit Whit. La Chine, surtout. C'est un pays tellement intimidant ! Quand on est au pied de la Grande Muraille, on comprend enfin la capacité de l'homme de...

– Je vous laisse à vos retrouvailles ! dis-je, avant d'être prise à partie. Je crois qu'on va enfin décoller.

Je venais d'apercevoir, derrière Constance, Noëlle et d'autres filles du foot qui montaient dans un car.

Whittaker fronça les sourcils :

– Mais je...

– À bientôt ! leur lançai-je en m'éloignant au pas de course.

Je grimpai dans le car, me laissai tomber sur le premier siège libre et me penchai pour regarder dehors. Whittaker continuait à monologuer, à grand renfort de gestes des bras, et Constance paraissait subjuguée. Debout dans le soleil, avec leurs visages juvéniles, ils formaient un joli petit couple. Je n'avais plus qu'à espérer que Whittaker serait du même avis.

Le coffre

Noëlle Lange avait dans sa chambre une quantité de choses phénoménale. Des centaines de CD, rangés dans des boîtes en cuir. Cinq ou six coffrets à bijoux pleins à craquer de colliers emmêlés, de bracelets et de boucles d'oreilles qui, vu leur prix, auraient mérité d'être mieux traités. Des tiroirs regorgeant de photos, de cartes postales, de tickets déchirés de salles de spectacles à Londres et d'invitations à des galas de charité ou des défilés de mode. Toute une collection de verres à liqueur, trois iPods de différentes tailles et couleurs, d'élégantes trousses à maquillage, des bracelets de montre en cuir, des porte-clefs en or, des bougies parfumées, des appareils photos numériques, des strings en dentelle, des nécessaires à manucure, des étuis de téléphone portable... C'était sans fin. Je ne voyais pas comment trouver ce que je cherchais dans ce bric-à-brac.

Après avoir fouillé le dernier tiroir de son bureau, je me relevai et soufflai sur une mèche tombée devant mes yeux. Il me restait à regarder sous le lit. Qu'allais-je y trouver ? Des manteaux en fourrure ? Des lingots d'or ?

En tout cas, j'avais du temps devant moi. Noëlle et Ariana avaient prévu de passer la soirée à la bibliothèque pour réviser, en prévision d'un important examen d'anglais. Les connaissant, je devinais qu'elles la consacreraient plus probablement à bavarder, comptant comme toujours sur leur bonne étoile pour se tirer d'affaire.

J'enviais cette bonne étoile et leur réussite insolente. C'était d'ailleurs ce sentiment qui justifiait ma présence dans leur chambre : je voulais que mon avenir ressemble au leur, même si pour cela il me fallait les trahir.

À quatre pattes par terre, je m'apprêtais à soulever la couette de Noëlle quand je fus attirée par une forme rouge, à la limite de mon champ de vision. Intriguée, je tournai la tête et aperçus l'angle d'un sac en cuir verni, qui dépassait de derrière la penderie. Mon pouls s'emballa. Enfin quelque chose de suspect !

Je pris appui sur le meuble et me penchai pour l'attraper. C'était une pochette rouge vif, munie d'une fermeture éclair. Je m'assis au pied du lit pour l'ouvrir et vis qu'elle contenait une dizaine de photos au format 10 × 15.

Je sortis la première et faillis m'étrangler. On y voyait Dash, nu comme un ver !

Ébahie, je plaquai le cliché à l'envers sur mes genoux. Puis, n'en croyant pas mes yeux, je soulevai lentement le coin pour le regarder de nouveau.

C'était bien Dash, allongé de côté sur un lit, la tête sur une main, et complètement nu ! Je sortis les autres photos. C'était encore Dash, dans le plus simple appareil. Assis au bord du lit ; debout, souriant de toutes ses dents ; debout encore, en costume d'Adam. Et le pompon : Dash nu, serrant un nounours. Si j'avais voulu faire chanter Dash McCafferty, j'avais en main de solides arguments !

Je secouai la tête et remis les photos dans la pochette, que je glissai derrière la penderie en m'assurant que rien ne dépassait. Inutile que quelqu'un d'autre les trouve.

Je décidai ensuite de tenter ma chance du côté d'Ariana. Je commençai par la penderie, puisque c'était là que j'avais découvert le secret de Kiran. Elle ne contenait rien de compromettant, hormis un pull rose au crochet. Je n'avais jamais vu Ariana le porter, et pour cause ! C'était sans doute un de ces cadeaux de grand-mère qu'on ne peut se résoudre à jeter.

Tout au fond du placard, je découvris un vieux coffre qui me sembla l'endroit rêvé pour cacher ses secrets. Je le sortis et soulevai le couvercle. Le coffre contenait des piles de carnets, des exemplaires du magazine littéraire d'Easton, plusieurs numéros de *Poetry* et de *Writer's Weekly*, ainsi qu'une multitude de papiers et de stylos. Je retirai une pile de magazines et farfouillai parmi les feuilles manuscrites, dans l'espoir de tomber sur un indice. Il y avait des pages et des pages couvertes de l'écriture d'Ariana, des ébauches de poèmes et des idées griffonnées. Si j'avais eu davantage de temps et la permission d'Ariana, j'aurais aimé les lire. Mais je n'étais pas là pour ça.

J'allais remettre les magazines en place quand je vis un petit bout de ruban marron dépasser entre le fond et le côté du coffre. Comment s'était-il retrouvé coincé là ? Je tirai dessus et retins mon souffle. Il m'avait semblé voir le fond bouger. Un examen de l'extérieur du coffre confirma mes soupçons : il avait certainement un double fond.

Le cœur battant la chamade, j'entrepris de le vider complètement. C'était risqué, car il me faudrait une éternité pour tout remettre en place. Cependant, je brûlais de voir ce qu'il dissimulait. Si Ariana avait quelque chose à cacher, c'était là, assurément.

Une fois le coffre vide, je tirai sur le ruban, et le double fond bascula. Dessous, il y avait un ordinateur portable noir et luisant.

Je jetai un coup d'œil par-dessus mon épaule. Ariana avait déjà un Mac flambant neuf sur son bureau. À quoi lui servait ce deuxième ordinateur ?

Je le posai sur mes genoux, l'ouvris et le mis en marche, priant pour que personne n'entre dans la chambre. Il mit un temps infini à démarrer, me laissant le loisir de réfléchir : y trouverais-je la preuve que Natasha cherchait ? Ariana et ses amies avaient-elles réellement comploté pour faire renvoyer Leanne ? En tout cas, cet ordinateur était la preuve qu'Ariana cachait quelque chose. Il était impensable qu'elle l'ait rangé avec autant de soin pour éviter de se le faire voler. Surtout ici !

– Allez ! chuchotai-je. Allez, allez...

Un écran bleu apparut, avec en son centre une fenêtre où s'affichaient les mots suivants : Bonjour Ariana ! Mot de passe ?

Au-dessous, un curseur clignotait, comme pour se moquer de moi. Pas moyen d'aller plus loin sans le mot magique.

J'entendis soudain claquer la porte d'entrée du bâtiment, au rez-de-chaussée. Il ne me fallut que quelques secondes pour me lever, remettre l'ordinateur et le double fond en place, ranger les magazines et les papiers dans le coffre, puis le fourrer dans la penderie.

Je sortis de la pièce en trombe, courus vers la cage d'escalier et montai les marches quatre à quatre. Une fois dans ma chambre, je m'adossai à la porte, haletante, la main sur le cœur.

Je brûlais ! Je le savais. Il me suffisait de trouver le mot de passe d'Ariana. Qu'importe la manière, je devrais y arriver ! S'il y avait une chose à trouver, elle était dans l'ordinateur, j'en étais certaine !

Compte rendu

– Reed ! Reed ! Attends !

Je m'arrêtai devant la bibliothèque pour permettre à Constance de me rejoindre. Elle s'arrêta devant moi, le souffle court, les joues en feu et les yeux brillants. Sa vue m'évoqua une prairie en fleurs.

– Je voulais te remercier de m'avoir branchée avec Whittaker, l'autre jour ! dit-elle d'une voix surexcitée. Je n'aurais jamais osé l'aborder seule, et il a été adorable ! On ne pouvait plus s'arrêter de parler. M. Shreeber a dû se fâcher pour que je monte dans le car, et on est arrivés en retard à cause de moi !

– C'est vrai ? Je suis contente de t'avoir rendu service.

– Il m'a raconté son voyage en Extrême-Orient et m'a interrogée sur le Cap. Il s'est souvenu qu'on y passait tous nos étés. Mais bon, ça n'a rien d'étonnant : ses parents nous ont plusieurs fois rendu visite là-bas. Malgré tout, c'était gentil de sa part de prendre des nouvelles, non ?

– Si, bien sûr ! dis-je, amusée de la voir aussi exaltée.

– Tu crois que je lui plais ? demanda-t-elle en me saisissant le bras.

– Je...

– Non, je suis sûre que non ! répondit-elle à ma place.

Elle soupira et m'attira sur le côté afin de laisser plusieurs personnes entrer dans la bibliothèque.

– Il me connaît depuis mon obsession Elmo, ajouta-t-elle en regardant ses pieds.

– Ton « obsession Elmo » ?

– J'avais une peluche Elmo – tu sais, la marionnette rouge de *1 Rue Sésame* – que j'ai trimballée partout pendant des années. Jusqu'à mes neuf ans, au moins. Un jour, Trey, mon frère aîné, l'a jetée à la mer et Whit a plongé pour la sauver !

Elle soupira de nouveau et je compris ce que signifiait réellement l'expression « avoir des étoiles plein les yeux ». C'était impressionnant !

– Waow ! Quel héros ! plaisantai-je.

– N'est-ce pas ? Je ne l'oublierai jamais.

Elle fronça le nez et enchaîna :

– Tu crois que Walt Whittaker pourrait s'intéresser à moi ? Ça me paraît tellement fou, comme idée ! Pourtant, il m'a proposé qu'on dîne ensemble un de ces jours. En tête à tête, pour parler du bon vieux temps.

– Constance, c'est génial ! m'écriai-je. Je suis ravie que ça se soit aussi bien passé entre vous !

– Moi aussi !

Elle m'enlaça et me serra à m'étouffer.

– Si on allait réviser ? proposa-t-elle lorsqu'elle relâcha enfin son étreinte.

Je la suivis dans la bibliothèque en songeant que j'avais gagné la première manche. Si Whit passait du temps avec Constance, il finirait sûrement par tomber amoureux d'elle. Je n'aurais plus à repousser ses avances, ni à lui rappeler que nous étions « juste amis ». J'aurais un souci de moins, et, dans les circonstances actuelles, c'était précieux !

Révélations

Quand j'arrivai à la cafétéria ce soir-là, un débat animé faisait rage à notre table. Il opposait Dash et Noëlle, mais je ne vis pas immédiatement dans quel camp se situaient les autres. Je rougis en dépassant Dash et allai m'asseoir du même côté que lui, le plus loin possible, de sorte qu'il m'était pratiquement impossible de le voir. Depuis la découverte que j'avais faite dans la chambre de Noëlle, j'avais du mal à le regarder sans penser à ses parties intimes.

Deux secondes plus tard, Josh vint s'asseoir en face de moi.

– Salut !

– Salut ! lui répondis-je en souriant.

– Je ne comprends pas ! fit soudain Dash en élevant la voix. On n'a qu'à passer un coup de fil pour qu'une limousine vienne nous chercher. Vous voulez absolument souffrir pendant deux heures ?

– Arrête, Dash ! répliqua Noëlle. Cette fête est basée sur la tradition, et la tradition veut qu'on prenne le train. C'est aussi simple que ça.

Ils discutaient de l'Héritage ! Les filles Billings n'en avaient encore jamais parlé aussi ouvertement en ma présence. Allaient-elles enfin m'inviter ?

– C'est vrai, mec ! dit Gage en se balançant sur sa chaise. Le voyage en train, c'est la moitié du plaisir.

– Tu as raison ! fit Dash, cynique. C'était un vrai plaisir, l'an dernier, quand tu as gerbé sur la fenêtre au retour et que j'en ai eu plein mon manteau !

– L'Héritage existe depuis des générations, insista Noëlle en croquant dans une minicarotte. Nos ancêtres y allaient en train et nous irons en train, nous aussi.

– Depuis quand tu te soucies de nos ancêtres ? la provoqua Dash.

– Depuis que tu te mets de la gomina dans les cheveux, rétorqua Noëlle, un rien méprisante.

– Très drôle !

J'étais au supplice. Pourquoi mes amies ne m'avaient-elles pas encore parlé de cette fête ? Ne voulaient-elles pas que j'y assiste ? Je me sentais plus Cendrillon que jamais. Cendrillon écoutant ses demi-sœurs parler du bal...

Bon. Je n'avais plus qu'à leur tendre une perche. Je me penchai en avant :

– Euh, j'ai une question...

Tous se tournèrent vers moi d'un même mouvement. Noëlle, Kiran, Taylor, Ariana, Gage, Josh, Dash et Natasha me regardèrent avec des yeux ronds, comme s'ils avaient oublié ma présence et revenaient brutalement sur terre.

– L'Héritage, qu'est-ce que c'est ? demandai-je.

Noëlle et Kiran se consultèrent du regard. Gage s'étrangla de rire et laissa retomber sa chaise pour prendre un petit pain dans son assiette.

– C'est un truc qu'on connaît et que tu ne comprendras sans doute jamais, dit-il avec une délectation évidente.

– Sympa ! commentai-je.

Josh s'éclaircit la gorge.

– Il n'a pas complètement tort, dit-il sur un ton d'excuse.

Je me sentis rougir.

– Comment ça ?

Dash toussa et se pencha vers moi. Je me mordis l'intérieur des joues pour me retenir de rire et me concentrai de toutes mes forces pour ne pas voir ses attributs virils se superposer à son visage.

– Reed, l'Héritage est une fête hyper sélect, dit-il avec gravité. On n'y est invité que si nos parents ont fréquenté une école privée.

Ma gorge se serra. J'avais espéré qu'on ferait une exception pour moi, qu'on trouverait un moyen de contourner la règle. Était-il possible que ma présence à Billings ne m'ouvre pas toutes les portes, ainsi que l'avait suggéré Constance ?

– Pas seulement nos parents, rectifia Kiran. Nos grands-parents, aussi.

– Ah, fis-je en regardant mon assiette.

– L'idéal, c'est qu'on puisse remonter aux passagers du *Mayflower* [1], ironisa Gage.

« C'est bon, j'ai compris ! Inutile de m'enfoncer. »

– Autrement, l'unique moyen d'y aller, c'est d'être invité par un Héritier disposant d'une double invitation, dit Noëlle.

Elle soutint le regard de Dash jusqu'à ce qu'il pique du nez dans son assiette.

– Seule une toute petite élite reçoit une double invitation, acheva-t-elle. Pour cela, il faut quasiment que ta famille remonte à la préhistoire !

– Où Reed pourrait-elle se trouver un Héritier à double invitation ? réfléchit Kiran à voix haute.

Je les regardai à tour de rôle, attendant la réponse. Noëlle inclina la tête vers la droite. Je suivis son regard et découvris Whittaker. Whittaker, qui, comme toujours, bavardait avec un adulte. Cette fois, c'était avec le doyen Marcus.

---

1. Le *Mayflower*, parti de Plymouth en 1620, fut l'un des premiers vaisseaux à transporter des immigrants anglais (les pères pèlerins) en Amérique du Nord.

Et soudain tout devint clair. Je compris enfin pourquoi London voulait utiliser Whit. Pourquoi Vienna avait insinué qu'il aurait toutes les filles du lycée aux trousses pendant plusieurs semaines. Walt Whittaker pouvait faire entrer une heureuse élue à l'Héritage grâce à sa double invitation. J'avais aussi compris, par la même occasion, que ma seule chance d'aller à cette fête était de l'accompagner.

Je regardai de nouveau Noëlle, qui haussa un sourcil et leva une épaule comme pour me signifier : « Je te l'avais bien dit ! » Ainsi, elle avait tout prévu depuis le début ! Ces choses mystérieuses que Whittaker pouvait me procurer et que je ne pourrais pas obtenir autrement, ce n'étaient ni des boucles d'oreilles en diamants, ni aucun autre objet de luxe. C'était un ticket d'entrée pour les fêtes privées. Une place au sein de l'élite. Être une fille Billings ne suffisait pas ; du moins, pas pour moi : j'étais un cas à part et j'avais encore besoin qu'on me fasse la courte échelle, en quelque sorte.

Je soupirai. Ce que Noëlle ne comprenait pas, c'était que je ne pouvais pas faire croire à Whittaker qu'il me plaisait juste pour qu'il m'invite à une fête, aussi mystérieuse soit-elle. Je savais bien que je ne le laissais pas indifférent. Dans ces conditions, ç'aurait été odieux de me servir de lui. De plus, Constance était folle de lui. Non, je ne pouvais pas faire une chose pareille... Sauf...

– Vous pensez vraiment que Pearson y sera ? demanda Josh, m'arrachant à mes pensées.

... Sauf pour revoir Thomas !

– Évidemment ! Je ne sais pas ce qu'il fabrique en ce moment, mais je peux te garantir qu'on le verra à l'Héritage ! dit Dash. Même mort, il ne manquerait cette fête pour rien au monde.

Thomas serait à l'Héritage. Ses amis étaient formels. Voilà pourquoi je devais absolument y aller, moi aussi ! Je pourrais alors lui faire la leçon et lui demander de s'expliquer. Et, accessoirement, m'assurer qu'il allait bien.

Je regardai de nouveau Whittaker, qui riait à gorge déployée d'une plaisanterie du doyen. Plusieurs filles le dévoraient des yeux, attendant sans doute qu'il soit seul pour lui mettre le grappin dessus.

Je mesurai l'ironie de la situation : ces filles convoitaient toutes un mec qui me courait après, mais ne m'intéressait pas. Un mec auquel je devrais cependant feindre de m'intéresser pour en revoir un autre, qui, lui, m'avait quittée.

C'était un peu tordu, non ?

Une invitation

Les jours raccourcissaient à toute vitesse. Le soir, quand je quittais la bibliothèque pour rentrer à Billings, les réverbères qui bordaient l'allée étaient déjà allumés. Les nuits étaient froides, et, après avoir repoussé ce moment le plus possible, j'avais fini par sortir mon vieux manteau de laine gris aux manches trop courtes, qui m'avait déjà valu quelques regards méprisants. Je devais appeler Papa depuis longtemps. Je profiterais du prochain coup de fil pour le supplier de passer une commande sur le catalogue Lands End[1].

Mes camarades de classe s'habillaient en Prada, en Coach ou en Miu Miu. Quant à moi, Lands End était ce que je pouvais espérer de mieux.

1. Un catalogue de vente par correspondance.

Deux filles qui marchaient en sens contraire me dévisagèrent et se mirent à chuchoter lorsque je les dépassai. Je les remarquai à peine. Je commençais à m'habituer aux inconvénients de la célébrité.

Je me dirigeais vers mon dortoir en me préparant à l'idée qu'une nouvelle série de corvées m'attendait, lorsque j'aperçus une forme sombre devant l'entrée du bâtiment. Une fraction de seconde, je crus que c'était Thomas, et mon cœur s'emballa. Toutefois, vu sa corpulence, on ne pouvait se méprendre longtemps sur l'identité du visiteur.

– Reed, dit-il en sortant de l'ombre.

– Whit, répliquai-je du même ton solennel.

– Comment c'était, à la bibliothèque ? me demanda-t-il avec un petit sourire plein de sous-entendus.

Je me gardai de lui demander comment il savait d'où je venais. Je n'avais pas du tout envie d'entendre la réponse.

– Super. Qu'est-ce que tu veux ?

– J'ai une question à te poser, dit-il en glissant les mains dans les poches de son manteau. En fait, je voudrais t'inviter...

« M'inviter ? À l'Héritage ? »

Depuis la veille au soir, ma conscience et mon envie d'aller à cette fête se livraient une bataille acharnée, et ni l'une ni l'autre n'avait encore pris le dessus. Je n'étais donc pas préparée à ça. Que dire ? Que faire ?

Au-dessus de nous, dans une chambre, quelqu'un jouait du violon sur un rythme endiablé. Cela ne m'aidait pas à réfléchir.

– Je me demandais si tu me ferais l'honneur de dîner avec moi vendredi soir, compléta Whit.

« Hein ? Quoi ? Vendredi ! Mais... cela n'a rien à voir avec l'Héritage ! »

Je me rappelai qu'il avait également invité Constance à dîner. Avait-il perdu la tête ? Un garçon bien élevé comme lui ne lance pas des invitations à tous les vents !

– Whit, on dîne à la même table tous les soirs, protestai-je.

Une légère brise porta à mes narines le parfum piquant de son after-shave. Je me retins de tousser.

Whittaker gloussa.

– Non, non ! Pas ici ! Vendredi, c'est mon anniversaire. Mes dix-huit ans ! J'ai reçu pour l'occasion la permission de quitter le campus, et j'aimerais que tu m'accompagnes.

Tant de choses me paraissaient suspectes dans sa proposition que je ne savais pas par où commencer.

– Qui t'a donné cette permission ? demandai-je enfin.

– Ma grand-mère fait partie du bureau des directeurs et elle est intervenue en ma faveur, dit-il avec fierté. Elle peut le faire pour toi aussi. Ainsi, nous n'aurons pas besoin de chaperon.

Un *chaperon* ! Ce mot me donna le frisson.

– Mais, Whit… Et les autres ? Tu vas avoir *dix-huit* ans, tu ne vas pas passer ta soirée en tête à tête avec moi !

Whit ne répondit pas, mais, à voir son expression, je compris que c'était effectivement ce qu'il souhaitait. Aïe ! J'avais sous-estimé l'intérêt qu'il me portait. Il aurait pu fêter son anniversaire sur le campus, ou dans les bois avec Dash, Gage et les autres. Mais non : il préférait m'emmener dîner en ville.

– Allez, Reed ! On va se mettre sur notre trente et un et faire une jolie balade. Je connais un petit italien génial à Boston.

– À Boston ! coassai-je.

Je n'étais jamais allée à Boston. À vrai dire, je n'étais jamais allée nulle part, hormis à Philadelphie, à l'occasion d'un voyage scolaire, l'an passé.

– Bien sûr ! Tu ne voudrais pas que je fête mes dix-huit ans dans un des trois restaurants minables d'Easton, dit-il, incrédule.

Il me prit les mains et planta ses yeux dans les miens.

– Dis-moi que tu vas venir !

Son expression était si touchante que je n'eus pas le cœur de refuser. J'avais le choix : si je disais non, je le rendais malheureux et je n'avais aucune chance qu'il m'invite à l'Héritage ; si j'acceptais, j'allais dîner dans un restaurant branché de Boston et je conservais l'espoir de revoir Thomas.

Ma conscience perdit la bataille.

– D'accord, dis-je d'une voix rauque. Avec plaisir.

Pression

J'avais toujours considéré le fait de se brosser les dents comme une activité apaisante et propice à la réflexion. C'était l'occasion de me remémorer les événements de la journée, de réfléchir à ce que j'aurais pu dire ou faire différemment. De me féliciter lorsque j'avais réussi quelque chose... Contrairement à la plupart des parents, les miens devaient se fâcher pour que je lâche ma brosse à dents. Une demi-heure pouvait facilement s'écouler sans que je sorte de ma rêverie. Je m'étonnais qu'il me reste de l'émail.

Ce soir-là, la bouche pleine de mousse, j'attaquais mon second quart d'heure de méditation quand la porte de la salle de bain s'ouvrit à la volée. Je sursautai et faillis m'étouffer.

– Alors ? demanda Natasha, appuyée au chambranle, les bras croisés sur la poitrine.

Je crachai dans le lavabo, remplis un verre d'eau et me rinçai longuement la bouche. Qu'elle attende ! Ce serait en pure perte.

– Tout va bien ! dis-je enfin en m'essuyant le visage avec une serviette éponge. J'ai passé une super journée. Et toi ?

– Ce n'est pas ce que je voulais savoir. Qu'est-ce que tu as trouvé ?

« Voyons : assez de sucre pour ouvrir une confiserie, la preuve d'une inquiétante psychose et quelques photos d'art. Plus un ordinateur bien caché et protégé par un mot de passe. »

Je pliai ma serviette et me retournai en soupirant, feignant d'être exaspérée.

– Rien. Je n'ai rien trouvé.

Je lui aurais parlé de l'ordinateur si j'avais pensé pouvoir ainsi me débarrasser d'elle, même momentanément. Hélas, je pressentais que cela produirait l'effet inverse. Qu'elle me mettrait encore plus la pression. Je n'avais pas besoin de ça.

– Tu plaisantes ! dit-elle, tandis que je la dépassais pour me faufiler dans la chambre. Tu voudrais me faire croire que tu n'as rien trouvé, en une semaine et demie ?

– Je te laisse croire ce que tu veux, répondis-je en m'asseyant joyeusement sur mon lit. C'est un des principes fondateurs de notre pays.

Natasha fit claquer sa langue et roula les yeux. Elle appliqua ses paumes sur son front comme si je lui donnais la migraine. Tant mieux ! Ça lui apprendrait à me faire chanter.

– Où est le problème, Reed ? Je n'ai pas été assez claire quand je t'ai expliqué ce que je ferais si tu ne m'aidais pas ?

– Tu as été très claire. Le problème, c'est que, si elles ont quelque chose à cacher, elles le font très bien. On a affaire à Noëlle, je te signale ! Cette fille n'est pas du genre à laisser des trucs compromettants sur son tableau d'affichage.

Natasha se détendit. Apparemment, mes arguments avaient fait mouche.

– Patiente encore un peu, lui conseillai-je, me demandant combien de temps il me faudrait pour trouver ce satané mot de passe.

Je pris mon exemplaire de *Beowulf*[1] – que nous étions censés lire pour le cours d'anglais mais que je n'avais pas encore ouvert – et m'allongeai sur mon couvre-lit en denim.

– Je fais mon possible, ajoutai-je.

– Alors, fais-le plus vite ! m'ordonna Natasha.

Sur ces mots, elle éteignit la lumière d'une pichenette avant que j'aie pu lire un seul mot.

---

1. *Beowulf* est un poème épique, célèbre dans le monde anglo-saxon, qui relate les aventures du héros du même nom.

Mot de passe

Après avoir passé deux matinées entières à taper sans résultat tout ce que je savais d'Ariana sur le clavier de son ordinateur, je me retrouvai à court d'inspiration. J'avais besoin d'aide, besoin de puiser ailleurs des idées nouvelles, de sonder d'autres cerveaux. Mais comment le faire sans me trahir ?

Je ruminais cette question en marchant vers la bibliothèque, par un après-midi pluvieux. Le plan que j'avais échafaudé avait peu de chances de réussir, mais c'était malgré tout mon seul espoir. Les élèves de première préparaient un important examen d'histoire et passaient l'essentiel de leur temps libre à réviser à la bibliothèque. Je pénétrai dans le bâtiment et me dirigeai sans hésiter vers le fond de la salle de lecture, où les filles de mon dortoir avaient établi leurs quartiers.

Bingo !

À la même table, je trouvai Kiran, Taylor, Rose, London, Vienna, Josh et Gage. Ils étaient penchés sur leurs livres, certains prenant des notes, d'autres échangeant quelques mots à voix basse. Il restait une chaise libre, au bout.

J'allai m'asseoir et posai mes cahiers devant moi en soupirant bruyamment. Tous levèrent les yeux, ravis de cette petite distraction.

– Qu'est-ce qui t'arrive, Reed ? me demanda Taylor.

– Rien. J'ai juste un boulot monstrueux pour mon cours de socio, dis-je. Je dois écrire huit pages sur cette histoire de piratage informatique, qui a fait scandale récemment...

Kiran et Taylor échangèrent un regard perplexe. Visiblement, elles ne me croyaient pas, et elles n'avaient pas tort.

– Tu veux dire le truc, là, dans ce lycée à New York ? s'enquit Josh.

– J'en ai entendu parler ! s'écria London. Un type a piraté tous les ordinateurs des élèves et publié la liste des sites web illicites qu'ils avaient consultés. C'est dingue !

– Des dizaines de mecs se sont retrouvés privés de sites pornos du jour au lendemain ! dit Gage. Ce n'est pas dingue, c'est honteux !

– Il y a des milliers d'articles sur le sujet, poursuivis-je en leur montrant la photocopie que j'avais apportée pour l'occasion. Je ne sais pas par quel bout le prendre ! Je ne peux pas tous les lire... En plus, c'est flippant. Vous saviez que 90 % des lycéens ont un mot de passe totalement évident. Du genre, le prénom de leur petite amie, ou une date de naissance.

Tout le monde me dévisagea. Je devais vraiment être une piètre actrice.

– Moi, jamais je ne choisirais un truc aussi nul, déclara Gage.

– Exact ! s'esclaffa Josh. Tu te contenterais d'épeler à l'envers des mots vulgaires.

– Ta gueule ! répliqua Gage en le frappant du dos de la main.

– Moi non plus, je n'utilise pas de mots évidents, nous apprit Rose en tournant une page de son livre d'histoire. Je tape des caractères au hasard.

Ah bon ? Cette idée me déplut d'emblée. Si Ariana employait la même méthode, j'étais fichue !

– Comment fais-tu pour t'en souvenir ? l'interrogea Vienna.

– Je les apprends par cœur. Je me les répète jusqu'à ce que je les retienne. « Quatre-tiret-dollar-huit-J-astérisque. Quatre-tiret-dollar-huit-J-astérisque. »

– Excellent ! triompha Gage. Maintenant, on connaît tous ton mot de passe.

Rose devint rouge pivoine.

– Mais non, j'en ai dit un vieux !

– Je parie que non ! chantonna London, hilare. On connaît ton mot de passe ! On connaît ton mot de passe !

– Tu crois ? fit Rose, imperturbable. Alors, répète-le pour voir...

London se racla la gorge et regarda le plafond :

– Quatre-tiret-dollar-J...

Elle déclencha un éclat de rire général et s'affala sur sa chaise.

– Et merde !

– Ce n'est pas grave, fit Vienna en lui tapotant le dos. De toute manière, Rose n'a rien d'intéressant dans son ordinateur.

L'intéressée la fusilla du regard et se remit à étudier.

– Moi, j'utilise des titres de chansons, dit Kiran. J'imagine que je ne suis pas la seule. Ou alors des titres de livres, de films ou de poèmes...

Pourquoi pas ? Je voyais bien Ariana choisir un titre en guise de mot de passe. Je le notai discrètement en marge de ma photocopie.

– J'ai lu dans un magazine que la plupart des gens inscrivent leur mot de passe près de leur ordinateur, me confia Taylor. Sur un calendrier, le jour de leur anniversaire, par exemple. Pour le cas où ils l'oublieraient...

– Ah bon ? fis-je, intriguée.

– Ouais. Je dois pouvoir te retrouver l'article, si ça t'intéresse. Je garde tout.

Ça, j'étais au courant, merci ! Mais bon, Taylor ne pouvait pas savoir combien de temps j'avais passé sous son lit.

– Ne te donne pas trop de mal pour écrire ton papier, dit Kiran en retournant à son travail. M. Kline a un système de notation plutôt cool.

– On dit même qu'il se contente de lire la première page des devoirs, ajouta Josh.

– Bonne nouvelle ! dis-je, feignant d'être soulagée.

Chacun se replongea dans son livre et je compris que le sujet était clos. Pas moyen de relancer la conversation sans que cela paraisse suspect. Enfin, au moins, ils m'avaient donné quelques pistes. Je n'avais plus qu'à mettre ces nouvelles théories à l'épreuve.

Transparence

J'aurais dû réviser pour mon quiz de français. J'aurais dû prendre des notes pour mon contrôle d'histoire. J'aurais dû lire *Beowulf*. J'aurais dû demander à Kiran si elle pouvait me prêter une tenue pour dîner en ville avec Whit. J'aurais dû faire tout cela. Pourtant, j'étais assise devant l'ordinateur de Natasha, en train de consulter le site web du lycée. Simultanément, je notais sur un cahier tous les mots de passe qui me passaient par la tête.

Inspirée par la remarque de Kiran, je consultais en ligne d'anciens numéros du magazine littéraire d'Easton, *The Quill*[1]. Si Ariana avait choisi un titre comme mot de passe, c'était peut-être celui d'un de ses poèmes. L'ennui,

1. « La plume ».

c'était qu'elle en avait publié au moins trois par mois depuis son arrivée à Easton, en troisième. Ma liste occupait déjà une pleine page.

Je double-cliquai sur le tout dernier numéro du magazine, paru le mois précédent. Il contenait cinq poèmes d'Ariana.

Transparence
La Chute
L'Autre
Épouvantail
L'Âge des ténèbres.

Quelle fille insouciante et pleine de joie de vivre !

La porte de ma chambre s'ouvrit brusquement et je reçus une décharge d'adrénaline en voyant entrer Ariana, talonnée par Noëlle et Taylor. Je fermai brusquement mon cahier et j'allais rabattre l'écran de l'ordinateur portable, lorsque je me ravisai : cela paraîtrait trop suspect ! D'ailleurs, elles étaient déjà derrière moi. Noëlle posa un sac en papier par terre, près du mur. Je préférai ne pas imaginer ce qu'il contenait.

– Tu te sers de l'ordinateur de Natasha ? constata Noëlle en posant les mains sur le dossier de ma chaise. J'espère que tu lui as demandé la permission. Sinon, elle risque de te dénoncer à la Gestapo !

– Tiens, tu regardes *The Quill*, s'étonna Ariana. Tu trouves des idées ?

Mon cœur s'arrêta de battre. Pendant une seconde, ma vie défila devant mes yeux. Elle avait deviné ce que je faisais. Elle avait des dons d'extralucide...

– Des idées ? m'étranglai-je. Pour quoi faire ?

Ariana me sourit avec bienveillance.

– Pour tes écrits, bien sûr. Je sais que tu lis beaucoup. Je me suis toujours demandé si tu écrivais aussi.

– Ah ! fis-je, soulagée.

Évidemment ! Comment aurait-elle pu savoir ?

– Oui, j'écris. Et je me demandais justement si je pourrais participer à votre magazine...

– Bien sûr ! dit Ariana, radieuse. On serait ravis de t'avoir. Qu'est-ce que tu écris ?

Je fermai l'ordinateur pour gagner du temps. En vérité, je n'avais rien écrit de personnel depuis le cours préparatoire, où j'avais pondu un petit texte intitulé « Les vilains animaux » qui avait enthousiasmé mes camarades.

– Euh... surtout des essais, mentis-je. Mais je n'ai pas eu beaucoup de temps, depuis la rentrée...

« À qui la faute ? » ajoutai-je en pensée.

– Tu vas en avoir encore moins ! claironna Noëlle.

– Ah bon ? Pourquoi ? fis-je, accablée par avance.

– À cause des fenêtres, m'expliqua Taylor comme à regret. Elles sont la honte de la maison Billings.

Les fenêtres ? Est-ce que la direction du lycée ne les faisait pas nettoyer par une entreprise spécialisée ?

– Quelles fenêtres ? demandai-je, même si je connaissais la réponse.

– Toutes, dit Noëlle en m'arrachant mon cahier des mains.

Je voulus le récupérer, mais elle l'avait déjà jeté sur mon lit. Elle alla ensuite chercher le sac en papier qu'elle avait apporté, d'où elle sortit une bouteille de produit pour vitres et une pile de chiffons propres.

– Tu commenceras par les miennes ! déclara-t-elle.

Conflit

– Dépêchons-nous, il va pleuvoir, me dit Ariana en sortant de la bibliothèque, le lendemain soir.

Je regardai le ciel menaçant et enroulai plusieurs fois mon écharpe autour de mon cou avant de descendre les marches. Je venais de passer une heure à écouter Ariana et ses camarades du *Quill* discuter des textes à paraître dans le prochain numéro. Comme j'avais exprimé mon intérêt pour leur publication, Ariana m'avait invitée à assister à une de leurs réunions. Après avoir écouté cette bande de prétentieux démolir le travail de leurs camarades, j'avais conclu que ce n'était pas pour moi. Malgré cela, j'étais touchée qu'Ariana m'ait conviée. Cela signifiait qu'elle me jugeait digne de partager sa passion. Elle ne savait pas, bien sûr, que les notes que j'avais griffonnées sur mon cahier pendant toute la réunion étaient des idées de mots de passe pour pirater son ordinateur.

Le matin, au lieu de laver par terre, j'avais de nouveau fouillé sa chambre dans l'espoir d'y dénicher un agenda ou un calendrier qui me permettrait de vérifier la théorie de Taylor. Je n'avais rien trouvé. Si Ariana possédait un agenda, elle le conservait sur elle.

Après cela, j'avais encore passé une demi-heure à taper sur son ordinateur tous les mots de passe qui m'étaient venus à l'esprit, tressaillant à chaque craquement de parquet, au moindre chant d'oiseau. Là aussi, en vain. Curieusement, ces échecs, au lieu de me décourager, avaient renforcé ma résolution. Je voulais désormais trouver ce mot de passe coûte que coûte.

J'avais donc passé l'essentiel de mes cours à y réfléchir. À ce rythme, j'allais bientôt me faire renvoyer. J'espérais juste que j'aurais découvert avant si les filles Billings avaient réellement comploté contre Leanne Shore.

– Alors, ça t'a plu ? me demanda Ariana, tandis que nous regagnions notre dortoir d'un pas pressé.

– C'était intéressant, dis-je sans trop me mouiller. Mais j'ai un peu de mal à démonter comme vous le faites les poèmes des autres...

– Pourquoi ?

– Eh bien... les gens qui écrivent livrent leurs pensées et leurs sentiments les plus intimes. Ce n'est pas une démarche facile. Et vous, vous êtes là, à asséner vos critiques : « sans originalité », « lamentable », « cliché »...

Vous avez même dit d'une fille de l'équipe qu'elle n'avait aucune imagination. Devant elle !

– C'est vrai, ce n'est pas facile, admit Ariana en secouant la tête.

Elle serrait ses cahiers sur sa poitrine et avançait contre le vent, les épaules voûtées et le menton rentré.

– Mais, quand on veut publier un texte pour que d'autres le lisent, reprit-elle, on doit être capable de supporter les critiques.

– Ouais, j'imagine, dis-je. Ça m'a juste semblé un peu dur.

Au moment précis où nous arrivions devant le bâtiment Billings, l'averse se déclencha. Une énorme goutte me tomba au milieu du front.

Ariana s'arrêta et fixa la porte.

– Écoute, Reed, si tu n'es pas capable de supporter ça, je préfère que tu ne reviennes pas, me dit-elle sèchement.

Elle empoigna la poignée et la serra si fort que ses articulations blanchirent.

– Je n'ai pas dit que je ne le supportais pas, me défendis-je. J'ai juste...

– Non ! me coupa-t-elle en me regardant dans les yeux. Tu n'as pas le cran nécessaire. Ce n'est pas grave, mais arrête de faire semblant d'être ce que tu n'es pas. Tu perds ton temps et tu me fais perdre le mien !

Sur ces mots, elle ouvrit brusquement la porte et s'engouffra dans le hall. Je restai clouée sur place comme si elle m'avait giflée. Pour qui se prenait-elle, pour se permettre de me parler sur ce ton ? Elle ne me connaissait pas assez pour savoir de quoi j'étais capable.

Furieuse, j'entrai à mon tour dans le bâtiment. Elle n'allait pas s'en tirer comme ça ! Je m'attendais à entendre ses pas dans la cage d'escalier, mais il n'y avait aucun bruit. Je remarquai alors qu'une lumière tamisée éclairait la salle commune, située dans le prolongement du hall. Je retirai mon écharpe et m'avançai pour voir ce qui s'y tramait. Tous les fauteuils, tous les canapés avaient été déplacés devant le grand écran de télévision, et mes camarades de dortoir s'y étaient installées pour regarder le dernier film avec Orlando Bloom.

Cette atmosphère cosy me parut le parfait antidote contre le stress que j'avais accumulé depuis quelques jours.

– Salut, Reed, chuchota Taylor.

Kiran regarda par-dessus son épaule et me fit un petit signe de main. Rose leva les yeux et me sourit.

– Salut, répondis-je en me dirigeant vers la place que j'avais repérée.

À l'autre bout de la pièce, près de la cheminée, Ariana s'asseyait sur un coussin aux pieds de Noëlle. Cette dernière prit un plaid sur son dossier et le lui passa sans quitter l'écran des yeux. Puis elle choisit sur un plateau un sandwich cracker-fromage et l'engloutit en une bouchée.

– Qu'est-ce qui se passe ? demandai-je.

– Soirée cinéma, m'apprit Rose. On fait ça une fois par mois.

– C'est chouette !

– Ce n'est pas pour toi, lèche-vitres, intervint Noëlle à haute voix. Tu as toujours les fenêtres à nettoyer.

Je clignai des yeux, incrédule.

– Mais... j'ai fini les fenêtres.

– Sans blague ? dit Cheyenne. Vu les traînées qu'il reste, je crois que tu peux recommencer.

– Si tu t'y mets tout de suite, tu verras peut-être les cinq dernières minutes du film, dit Noëlle.

Elles rirent en chœur, toutes les quinze. Ariana posa sur moi ses yeux froids et m'adressa un petit sourire méprisant.

– Tu peux me monter mon sac, Reed ? me demanda-t-elle en me tendant sa besace.

J'acquiesçai.

– Merci, fit-elle d'une voix sucrée.

Natasha me jeta un coup d'œil lourd de sous-entendus, auquel je répondis par un hochement de tête. C'était l'occasion rêvée pour reprendre mes recherches. Ariana, sans le savoir, m'avait passé la seule chose qui me manquait pour trouver enfin son mot de passe. Son sac ! Qui, forcément, contenait son agenda.

Et elle qui jugeait que je n'avais pas de cran !

Mission accomplie !

Une heure plus tard, les yeux me picotaient, j'avais la nuque raide et une migraine me martelait l'arrière du crâne. Je consultais ma montre toutes les deux minutes, me demandant combien de temps il faudrait à Orlando pour tomber amoureux. Disposais-je encore d'un quart d'heure ou d'une heure ?

– Allez, Reed, un dernier effort ! dis-je pour m'encourager.

Je tournai une nouvelle page de l'agenda d'Ariana et le posai par terre près de moi. La théorie de Taylor avait ses bons et ses mauvais côtés. Au début, j'avais pensé me contenter d'ouvrir l'agenda le jour de l'anniversaire d'Ariana, pour voir si elle y avait inscrit quelque chose de spécial. Puis j'avais réalisé que je ne connaissais pas sa date d'anniversaire. Alors, j'avais commencé à feuilleter l'agenda page après page, m'imaginant y trouver un indice évident.

J'avais tort. Rien n'était évident dans l'agenda d'Ariana : elle griffonnait des poèmes et des titres partout, occupant le moindre espace libre. Des titres figuraient bien près de certaines dates, mais il était impossible de savoir si les jours en question avaient une signification particulière pour elle. J'avais donc passé une heure à taper sur le clavier tous les mots inscrits près des dates.

Mes articulations menaçaient de se gripper. Cette mission me vaudrait sans doute une arthrite précoce.

Je pris une profonde inspiration. Il fallait encore que je me concentre quelques minutes avant de m'avouer vaincue. Ensuite, j'astiquerais les fenêtres de leur chambre. Je n'y voyais aucune traînée, mais cela ferait croire à Noëlle et Ariana que je leur avais obéi.

J'en étais au mois d'avril. À côté du 5 figurait un seul mot : Élastique.

E-L-A-S-T-I-Q-U-E... Entrée.

Mot de passe erroné ! répondit l'écran.

Bon, au suivant.

Claquée. C-L-A-Q-U-E-E... Entrée.

Mot de passe erroné !

Je grognai et feuilletai l'agenda sans trop savoir ce que je cherchais. Mon regard s'arrêta sur le dernier jour d'avril. Le 30. En grosses lettres rouges était inscrit le mot « maison ». Puis, en dessous, en beaucoup plus petit, le titre d'un de ses derniers poèmes : *L'Autre*. Deux mots, plus une apostrophe.

L-'-A-U-T-R-E. Entrée

Mot de passe erroné !

Quelque part, tout près, une porte claqua. Je fermai précipitamment l'ordinateur et m'apprêtais à le ranger lorsque je me figeai. Je venais d'entendre des pas. Des pas qui se rapprochaient.

« Non ! »

Je me précipitai pour tout remettre en place, et dans mon affolement je faillis faire tomber l'ordinateur. Jamais je n'aurais le temps...

Les pas dépassèrent la porte et s'éloignèrent. Je m'assis brutalement et m'obligeai à respirer. Je tremblais de tout mon corps. Fausse alerte ! Cependant, il était temps que je range malgré tout. Je recommencerais plus tard. Mais quand retrouverais-je une aussi bonne occasion ?

Lentement, avec des gestes mesurés, je rouvris l'ordinateur, décidée à essayer un tout dernier mot de passe.

Bon. « L'autre ». Sans l'apostrophe.

L-A-U-T-R-E... Entrée.

L'ordinateur émit un bip et mon pouls s'emballa. Puis l'appareil se mit à ronronner et l'écran devint noir, avant d'afficher un ciel bleu limpide et les deux mots les plus délicieux que j'aie jamais lus :

Bienvenue Ariana !

Voilà ! J'y étais ! Youpi ! J'avais réussi ! J'avais envie de sauter au plafond en hurlant et d'improviser une danse de joie, mais je me retins en pensant aux vieux parquets grinçants et à la quinzaine de filles qui regardaient Orlando dans un silence recueilli, juste sous mes pieds.

Je farfouillai dans mon sac et trouvai la disquette que j'avais apportée, au cas où... Je la glissai dans la fente sur le côté de l'ordinateur et tentai de me calmer. Mon cœur battait si fort qu'il m'empêchait d'entendre les bruits venant d'en bas. Ce n'était pas le moment de me faire surprendre, si près du but.

Il y avait plusieurs dossiers sur le bureau d'Ariana, portant chacun une date. Je cliquai sur le plus récent, qui ne contenait que des fichiers Word. Des poèmes. Des centaines de poèmes ! Je me rappelai quelques titres que j'avais lus dans *The Quill*, mais la plupart m'étaient inconnus. Se pouvait-il que l'un d'eux soit un faux poème ? Une diatribe anti-Leanne prouvant qu'Ariana avait eu l'intention de lui nuire ? Le désespoir m'envahit. Je n'avais pas le temps de lire une centaine de poèmes, voire plus. Je fis machinalement défiler les titres et aperçus, tout en bas de la liste, une icône de dossier. Un dossier dans le dossier, intitulé « projets ».

Je l'ouvris et vis qu'il contenait lui aussi plusieurs documents Word, portant des initiales en guise de titre. EP, CS, IP, NL, TL, IM et enfin LS.

LS, comme Leanne Shore !

Mon esprit se vida d'un coup. Voilà, il était là ! Le fichier sur Leanne...

Je crois qu'au fond de moi j'avais toujours imaginé que Natasha se faisait des idées. Que jamais Noëlle et Ariana n'auraient fait renvoyer une élève pour la seule raison qu'elles ne l'aimaient pas. Et pourtant l'évidence était là. J'allais bientôt en avoir la preuve sous les yeux. J'ouvris le fichier avec réticence. Un document Word s'ouvrit et occupa l'écran. Tout en haut, je lus les mots « Latin S... », et une date : le 5 août. Mes muscles se relâchèrent et je fus prise d'une terrible envie de rire. Ariana avait pris des cours d'été. Des cours de latin. Rien à voir avec Leanne. Elle était innocente !

Je poussai un soupir, fermai le document et tendis l'oreille. Aucun bruit ne me parvint, signe qu'Orlando vaquait toujours à ses occupations. J'entrepris d'ouvrir les autres documents portant des initiales, juste pour satisfaire ma curiosité, histoire de n'avoir pas fait tout cela pour rien. J'ouvris EP. C'était une liste de prénoms de femme, suivis de « oui » ou « non », et un total à la fin. Cela m'évoqua une liste d'invitées. Ariana avait peut-être aidé sa mère à organiser une réception.

Le suivant était intitulé AS. Je l'ouvris et reçus un coup au cœur.

Tandis que j'agonise, Faulkner, 1930.

Their eyes were watching god[1], Hurston, 1937.

---

1. « Leurs yeux regardaient Dieu ». Cet ouvrage de Zora Neale Hurston n'a pas été traduit en français.

Homme invisible, pour qui chantes-tu ?, Ellison, 1947.

C'était une antisèche. Une liste rédigée dans une police minuscule sur un tout petit papier. Vu les informations qu'elle contenait, elle concernait le cours d'anglais des terminales. Précisément le cours dans lequel Leanne Shore avait été accusée d'avoir triché. Et quelles preuves l'administration avait-elle produites pour étayer son accusation ? Des antisèches, justement !

Si c'étaient les mêmes qui avaient scellé le destin de Leanne, alors tout était vrai. Natasha avait raison. Noëlle et ses amies avaient réellement monté un complot pour faire renvoyer Leanne. Mais pourquoi ? Parce que c'était une lèche-bottes et qu'elle énervait Noëlle ? Était-ce une raison suffisante pour ruiner la vie de quelqu'un ?

Brûlant d'en apprendre davantage, j'ouvris le fichier marqué IM. Comme je m'y attendais, un échange de messages instantanés s'afficha à l'écran. C'était la sauvegarde de *chats* entre Noëlle et Ariana. Je parcourus les premiers, qui me parurent tous banals : des conversations au sujet de devoirs ou de fêtes, rien qui sortait de l'ordinaire.

Puis j'aperçus mon prénom et me figeai. Fébrile, je remontai aux premières lignes de la conversation :

***Ariana* :** alors, c'est décidé, on le fait.

Noelle_1 : ABSOLUMENT. On a décidé qu'on voulait Reed, non ?

***Ariana* :** Oui. Et Lattimer est OK. Kiran a échangé son silence contre une entrée gratuite au défilé manolo[1].

Noelle_1 : PARFAIT ! Lattimer n'est pas difficile. Alors, on est prêtes ? Tu as les antisèches ?

***Ariana* :** C'est bon. Dis-moi juste où et quand.

Noelle_1 : DEMAIN. On fera entrer Reed ici ce week-end. Et sortir L. Bon débarras !

***Ariana* :** Méchante !

Noelle_1 : C'est SI BON...

Je respirais avec peine et je me sentais incapable de bouger. Même si tout le dortoir était entré dans la chambre à ce moment précis, je crois que je n'aurais pas pu me lever pour m'enfuir.

Elles avaient fait ça pour moi ! Pour me libérer une place dans leur dortoir. Tout était arrivé par ma faute.

J'entendis l'escalier craquer et revins brusquement à la réalité. L'heure n'était pas à la réflexion. Je copiai précipitamment tous les dossiers portant des initiales sur ma disquette, pour le cas où ils contiendraient quelque chose d'intéressant. Je glissai la disquette dans la poche de mon jean, fermai l'ordinateur et remis tout comme je l'avais trouvé. Je fermais le coffre quand j'entendis des voix au

1. Manolo Blahnik est un créateur de chaussures de luxe d'origine espagnole.

rez-de-chaussée. La fête se terminait. Je le poussai au fond du placard, pris mes affaires et filai.

Je savais que les filles arriveraient par devant, aussi fonçai-je vers l'arrière du bâtiment. Une fois dans la cage d'escalier, je me laissai tomber pesamment sur les marches pour reprendre mon souffle.

Elles avaient fait renvoyer Leanne à cause de moi ! C'était ma faute si Natasha était furieuse au point de me faire chanter pour que je les démasque. Tout ça, c'était pour moi. Pour que je puisse vivre ici. Pour que je puisse devenir une fille Billings.

C'était malsain, tordu, odieux et tout ce qu'on voudrait, mais c'était aussi touchant d'une certaine manière. Personne n'avait jamais rien fait de tel pour moi. Ces filles avaient risqué leur avenir pour que je puisse entrer à Billings. Toute dégoûtée que j'étais, j'étais aussi infiniment flattée.

Et comment les avais-je remerciées ? En fouillant dans leurs affaires. En découvrant leurs secrets les plus embarrassants. Un instant, la honte me submergea. C'étaient mes amies et je les avais trahies.

Malgré tout, je ne m'expliquais pas qu'elles m'aient choisie, moi, pour être leur amie. Pourquoi avaient-elles voulu me faire entrer à Billings ? Dans quel but ? Pourquoi voulaient-elles m'avoir auprès d'elles ? Pour me donner des ordres ? Cela n'avait aucun sens !

Une porte claqua. Je bondis sur mes pieds et descendis l'escalier quatre à quatre. Il fallait que je regagne ma chambre pour réfléchir. J'avais la preuve que recherchait Natasha, mais une question me taraudait déjà : voudrais-je un jour la lui donner ?

Rencontre

Le lendemain matin, je me levai aux aurores et descendis refaire toutes les fenêtres du rez-de-chaussée avant que Natasha ne se réveille. Je revins dans notre chambre pendant qu'elle était sous la douche et enfilai un jean et un sweat. Puis je coiffai mes cheveux en queue de cheval et sortis aussi discrètement que j'étais entrée. Je me réjouissais d'avoir échappé à ses questions, et à la nouvelle série de corvées que mes camarades de dortoir m'auraient infligée si je les avais croisées.

Dehors, il faisait froid et le ciel était nuageux. Je composai en frissonnant le numéro de la chambre de Thomas et m'éloignai à la hâte de Billings, le sac sur l'épaule et le téléphone contre l'oreille. Un silence de mort planait sur le campus, et mon haleine formait de petits nuages dans l'air glacé. Les soucis qui bordaient le sentier penchaient sous le poids du givre. Je m'efforçai de boutonner mon manteau d'une main déjà engourdie. Josh décrocha à la cinquième sonnerie.

– Allô ? fit-il d'une voix endormie.

– Josh ? Je suis désolée de te réveiller...

– Qui est à l'appareil ?

– Reed. C'est Reed.

Il me sembla soudain qu'on m'observait. Je m'arrêtai et regardai autour de moi. La cour était déserte, hormis un écureuil qui sautait d'une branche à l'autre.

– Reed ! Que se passe-t-il ? me demanda Josh. Tu as eu des nouvelles de Thomas ?

– Non. Mais j'aurais besoin de te parler. Est-ce que tu pourrais me retrouver à la cafétéria, disons dans un quart d'heure ?

– Euh, ouais... Entendu, j'y serai.

– Merci.

Au moment où je raccrochais, un frisson me parcourut le dos. Je fis brusquement demi-tour et mon sang se figea. L'inspecteur Hauer était à un mètre de moi. Il s'approcha, le front plissé, son trench noir flottant derrière lui. Je fus prise d'une violente quinte de toux.

– Est-ce que tout va bien, mademoiselle Brennan ?

Je me tapotai la poitrine pour tenter de calmer mes spasmes. « Mademoiselle Brennan. » Il s'était souvenu de mon nom. Il avait rencontré cinq cents élèves en deux semaines et il s'était souvenu de mon nom. C'était mauvais signe !

– Oui, merci ! dis-je. Vous m'avez fait peur, c'est tout.

– Je suis désolé, dit-il, même s'il n'en pensait visiblement pas un mot. J'aime bien me promener au petit matin. Cela me permet de faire le tri dans mes pensées.

Il semblait attendre une réponse. Je la lui fis :

– Ouais, c'est sympa.

– Et vous ? s'enquit-il.

– Moi quoi ?

– Que faites-vous dehors d'aussi bonne heure ? Il y a longtemps que je ne suis plus adolescent, mais je crois me souvenir qu'à l'époque j'aimais bien dormir.

– Ah... Alors, je ne dois pas être comme tout le monde, dis-je avec un petit rire forcé.

– À qui parliez-vous ? fit-il en indiquant mon téléphone.

Je ne vis aucune raison de mentir.

– À Josh Hollis. On doit se retrouver au petit déjeuner.

– Le camarade de chambre de Thomas Pearson ? dit-il en fronçant les sourcils. Ce Josh Hollis-là ?

Oui, et alors ? Pourquoi ce ton suspicieux ? Qu'y avait-il de mal à rencontrer Josh ?

– Je n'en connais pas d'autre, fis-je en haussant les épaules.

Puis je regardai ostensiblement ma montre.

– Oups ! Je vais être en retard ! Il faut que je file, dis-je en battant en retraite. Bonne promenade !

Il hocha la tête et plissa les yeux.

– Merci. Bon petit déjeuner.

– Merci !

Je sentis son regard dans mon dos pendant que je traversais la cour, et je dus faire un gros effort pour ne pas me retourner. Mais, lorsque j'arrivai devant la cafétéria, ce fut plus fort que moi. Je fis mine de chercher quelque chose dans mon sac et jetai un rapide coup l'œil dans sa direction. L'inspecteur Hauer était toujours là, seul, au milieu du campus.

Et il me regardait.

Idéalisme

Pour la première fois depuis des jours, je ne posai sur mon plateau que ce que j'avais l'intention de manger. Je savais qu'aussitôt les filles Billings arrivées, je devrais aller leur chercher leurs commandes, mais, pour l'heure, je profitais d'une liberté bien méritée.

Après avoir pris deux tranches de bacon, un toast au beurre de cacahuètes et un bol de céréales, j'allai m'asseoir à notre table habituelle. Je commençai par grignoter le toast, sans appétit. La cafétéria était paisible, et des grains de poussière dansaient dans les rais de lumière tombant des lucarnes. Je vis Josh entrer dans la salle et longer le mur jusqu'au self. Il en sortit un instant plus tard avec un café et trois beignets.

– Alors, dis-moi ? Tu m'as intrigué, fit-il en s'installant face à moi.

Il mordit dans un beignet à la cannelle, pulvérisant de la poudre marron tout autour de lui. En voyant ses boucles aplaties d'un côté et hérissées de l'autre, je réalisai que, quelques minutes plus tôt, il était pelotonné bien au chaud dans son lit. Je lui fus reconnaissante d'avoir quitté son confort douillet pour moi.

– Bon, commençai-je, prenons l'hypothèse suivante...

Josh lâcha son beignet.

– J'adore les hypothèses ! déclara-t-il en allongeant les bras sur la table.

Je ris et enchaînai :

– Imaginons qu'un de tes camarades de dortoir ait enfreint le code de l'honneur. Le dénoncerais-tu ?

Josh haussa les sourcils, puis regarda son assiette et soupira.

– Je sais que tu es *censé* le dénoncer, ajoutai-je. Mais en réalité, le ferais-tu ?

Josh hocha la tête.

– Oui. Absolument !

– Ah bon ?

Au même instant, les portes à battants s'ouvrirent sur un petit groupe d'élèves. Nous ne serions pas longtemps seuls.

– Oui, sans hésiter, répéta Josh en buvant une gorgée de café. Tu as signé un contrat. Nous l'avons tous signé. Au risque de paraître vieux jeu, je dois dire qu'il signifie quelque chose pour moi. Quand tu t'engages, tu ne reviens pas sur ta parole. Si quelqu'un enfreint les règles, il doit répondre de ses actes, point final.

Josh prenait mon hypothèse très au sérieux. Toutefois, je ne savais pourquoi, son ton péremptoire me mettait mal à l'aise. Je posai mon toast et repoussai le plateau.

– Dis-moi ce que tu penses vraiment, le taquinai-je pour détendre l'atmosphère.

– Ce qu'il pense vraiment, c'est qu'il est idiot ! fit une voix au-dessus de nous

Surpris, Josh et moi levâmes les yeux et découvrîmes Whittaker au bout de la table. Je ne l'avais pas entendu arriver.

– Sans vouloir te vexer..., ajouta Whit à l'intention de Josh.

– Je ne suis pas vexé, affirma Josh.

Il avança sa chaise jusqu'à ce que la table lui comprime le ventre, afin que Whittaker puisse se glisser derrière lui. Whit tira la chaise voisine de la sienne et s'assit. Il but une longue gorgée de jus de pamplemousse et fit claquer ses lèvres.

– Je vous ai entendus sans le vouloir, dit-il en posant les poignets sur la table, en garçon bien élevé. Reed, si tu as vraiment été témoin d'une infraction au code de l'honneur, tu ne dois surtout pas en dénoncer l'auteur.

– Quoi ? s'étrangla Josh.

– Je trouve ta position d'une grande naïveté, Hollis, répliqua Whittaker en jouant avec ses œufs brouillés. Pour ne pas dire hypocrite...

Josh se renversa sur sa chaise et croisa les bras.

– Waow ! C'est la première fois que je me fais traiter de naïf hypocrite avant le culte du matin !

– C'est vrai, continua Whittaker. Tu prétends que les gens qui enfreignent les règles doivent répondre de leurs actes, mais tu n'as jamais levé le petit doigt pour empêcher ton camarade de chambre de dealer sa drogue !

Il me sembla soudain qu'un vent glacial soufflait dans la salle. Je frissonnai et Josh devint livide.

– Ce ne sont pas tes affaires, lâcha-t-il.

– Si ! répliqua Whittaker. Ce sont mes affaires quand tu farcis la tête de mon amie de principes dangereux.

Josh ne trouva rien à répondre. Satisfait d'avoir eu le dernier mot, Whittaker me regarda dans les yeux.

– Crois-moi, Reed, tu n'as pas intérêt à te mettre les filles Billings à dos. Pas si tu veux avoir un avenir en sortant de ce lycée. C'est la réalité, et tu dois la faire passer avant tes principes.

Ma gorge se serra et je regardai Josh, qui leva les yeux au ciel sans rien ajouter. Whittaker avait mis le doigt sur ce qui me dérangeait dans l'idéalisme de Josh. Depuis que j'étais arrivée à Easton, j'avais entendu dire et répéter que les filles Billings étaient promises aux carrières les plus brillantes, grâce à leurs relations. Si je dénonçais Noëlle et ses amies, je risquais de perdre définitivement ce privilège. Ainsi que tous ceux que j'avais déjà acquis.

– Tu sais que j'ai raison, me dit Whittaker avec suffisance. Je le vois dans tes yeux.

Josh se leva de table.

– Excusez-moi, dit-il. J'ai envie de vomir, tout à coup.

Il prit le beignet qui restait sur son plateau et fonça dehors. Whittaker soupira et secoua la tête.

– Il apprendra, dit-il. Un jour...

Je regardai Whit engloutir ses œufs et, soudain, je le trouvai répugnant. Il avait beau avoir raison, son arrogance me faisait horreur. Pour qui se prenait-il ?

– Maintenant qu'on est seuls, dit-il en s'asseyant à la place de Josh, je peux te dire que tout est arrangé pour vendredi soir. Je passerai te chercher à six heures devant l'entrée. Ainsi, on devrait arriver à Boston à l'heure où j'ai réservé. J'ai vraiment hâte, Reed !

La façon qu'il avait de me regarder me fit frissonner de dégoût. Ses yeux étaient pleins d'un désir primaire, évident. Il s'imaginait sans doute que la soirée de vendredi s'achèverait de la même manière que notre escapade dans les bois. Enfin... le vomi en moins !

– Tu as hâte, toi aussi ? voulut-il savoir.

« C'est pour Thomas. C'est pour aller à l'Héritage et voir Thomas », me répétai-je pour la énième fois.

– Oui, dis-je faiblement.

Whit prit ma main entre ses grosses paluches maladroites et j'eus tout à coup la vision d'autres mains. Fines, mais puissantes. Tendres et pleines d'assurance. Des mains qui m'avaient fait vibrer de plaisir.

Je secouai la tête pour chasser cette image, et notai au passage que plusieurs filles de première m'observaient avec envie. Elles aussi, elles savaient ce que signifiait le geste de Whittaker : j'étais à deux doigts de me voir offrir une invitation à l'Héritage, tandis qu'elles allaient sans doute passer la soirée d'Halloween dans leur dortoir.

– Après le dîner, ou pourrait aller quelque part, dit Whittaker en rougissant. Dans un endroit où on sera seuls.

Il pressa son pouce contre ma paume. Mon estomac se retourna et je repris ma main. Non, je ne pouvais pas faire ça ! Jamais je ne pourrais rester assise plusieurs heures en voiture avec ce type en redoutant le moment où il essaierait de m'embrasser. C'était un gentil garçon, pourtant. Il était certes un peu maladroit, mais il tentait sa chance, et c'était normal. Le problème, c'était qu'avec moi c'était perdu d'avance.

– Quelque chose ne va pas ? me demanda-t-il, inquiet.

– Non, ça va, dis-je en me levant. Je viens seulement de me rappeler que j'ai oublié mon livre d'histoire dans ma chambre. J'en ai besoin pour le cours. Il faut que je file.

– Bon... Alors, à plus tard, fit-il en se levant pour me saluer, gentleman comme toujours.

– À plus tard.

J'étais à peine dehors que je réfléchissais à un plan de rechange. Il devait bien exister un moyen pour moi d'aller à l'Héritage sans Whittaker. Il fallait qu'il en existe un !

Avant-fête

Le soir même, je décidai d'aller consulter Noëlle et Ariana. Des voix filtraient à travers leur porte et je m'arrêtai machinalement dans le couloir pour tendre l'oreille. C'était devenu un réflexe. Percer leurs secrets avait contribué à aiguiser ma curiosité. Je ne distinguai hélas que des murmures et des rires. Je me rappelai ensuite que j'étais venue pour leur demander un service. Si elles me surprenaient en train de les espionner, c'était fichu. Je pris mon courage à deux mains et frappai.

– Entrez ! cria Noëlle.

La chambre baignait dans une lumière tamisée, et des chandelles étaient posées un peu partout, emplissant l'air de leur parfum musqué. Noëlle, Ariana, Kiran et Taylor, en pyjama ou chemise de nuit, étaient assises en rond. Taylor était sur une chaise de bureau près du lit d'Ariana, et les trois autres sur le lit. Ariana tenait un verre à pied dans lequel Kiran versait un liquide rouge sombre.

– Reed ! Quel plaisir de te voir ! gazouilla Noëlle. Viens ! On boit du vin en jouant à « Je n'ai jamais »[1]...

« Je n'ai jamais... ». Ces filles n'avaient-elles rien de mieux à faire que de jouer à « Je n'ai jamais... » ? N'avaient-elles pas un devoir à rédiger, par exemple ? Ou un nouveau complot à ourdir pour faire virer quelqu'un ?

Derrière moi, dans le placard d'Ariana, je sentis la présence du coffre et de l'ordinateur comme s'ils émettaient à mon intention des signaux invisibles, pour me rappeler ce que j'avais fait, ce que je savais.

– Je n'ai jamais demandé au pilote de l'avion de mon père de m'emmener à Rome pour manger de vraies pâtes ! annonça Taylor.

– Oh ! applaudit Noëlle.

Kiran fit claquer sa langue.

– Ce n'est pas juste d'être trop précis ! ronchonna-t-elle, avant d'avaler d'un coup la moitié de son vin.

Son père avait un pilote ! Un pilote prêt à l'emmener à Rome pour satisfaire un caprice.

– Et toi, Reed ! Qu'est-ce que tu n'as jamais fait ? me demanda joyeusement Noëlle.

– En fait, je venais pour vous parler d'un truc, dis-je.

---

1. Jeu de boisson où les participants, assis en cercle, lancent à tour de rôle des affirmations commençant par « Je n'ai jamais ». Les joueurs qui ont déjà fait la chose en question boivent une gorgée d'alcool et plient un doigt. Le perdant est le premier qui a plié les dix doigts.

– Pas avant que tu nous aies donné un « je n'ai jamais », intervint Ariana, les yeux brillants.

Je me creusai la tête pour trouver une idée, quelque chose qui ne me ferait pas paraître trop niaise.

– Je n'ai jamais... fait l'amour dans une voiture, dis-je enfin.

Noëlle pouffa et but le reste de son vin, de même que Kiran et Taylor. Ariana se contenta de sourire.

– Vraiment, Ariana ? s'étonna Kiran. Même pas dans une limousine ? Il en existe de très confortables...

– Je vais t'appeler Prude, déclara Noëlle.

Ariana soupira, comme si tout cela était vraiment trop trivial, et posa son verre.

– Que se passe-t-il, Reed ? me demanda-t-elle.

– Rien. C'est juste... au sujet de l'Héritage.

Elles échangèrent un regard complice.

– Assieds-toi, dit Kiran en levant la bouteille de vin.

Je débarrassai la chaise de bureau de Noëlle d'une dizaine de pulls en cachemire, soie et angora, et notai que, pour une fois, les quatre filles m'accordaient toute leur attention. C'en était presque troublant.

Noëlle croisa les jambes au niveau des genoux et se pencha vers moi avec la sollicitude d'une présentatrice de *talk-show*.

– Où est le problème ? Whittaker ne t'a pas encore invitée ?

– Non. Mais je suis sûre qu'il le fera...

– Waow ! Quel ego ! s'exclama Kiran en buvant une gorgée de vin.

– C'est juste que... je n'ai pas très envie de l'accompagner. Est-ce que l'une de vous ne pourrait pas me faire entrer ? demandai-je en regardant Noëlle.

Elle s'esclaffa, puis lança ses épais cheveux bruns par-dessus son épaule.

– Tu as mal compris, Reed. Même nous, nous ne pouvons pas y aller sans l'aide de quelqu'un.

Stupéfaite, je me contentai d'abord de les dévisager sans y croire. Les filles Billings n'étaient pas invitées d'office ? Comment était-ce possible ?

– Vous plaisantez..., lâchai-je enfin.

Noëlle et Ariana rirent. Kiran, les joues en feu, s'attaqua à ses cuticules, tandis que Taylor fixait le fond de son verre.

– Tu ne m'as pas entendue, l'autre jour ? me demanda Noëlle. Cette fête est hyper sélect. Je suis la seule à Billings à avoir une double invitation.

– Il y a aussi Cheyenne, rectifia Taylor.

– Exact, Cheyenne. La Fille de la Révolution américaine[2] ! dit Noëlle. Pourquoi j'oublie toujours Cheyenne ?

---

2. L'association des « Daughters of the American Revolution » est un groupe patriotique fondé sur la généalogie, qui rassemble des descendantes des combattants pour l'indépendance américaine.

Les autres pouffèrent comme si elles connaissaient la réponse. Encore une plaisanterie qui m'échappait. Qu'importe, j'avais d'autres chats à fouetter.

– Vous me faites marcher, insistai-je. Vous ne pouvez pas y aller accompagnées ?

– Si. Moi, je peux, dit Noëlle. Mais j'emmène Dash.

– Dash n'est pas invité ? m'étranglai-je.

Dash, qui m'avait énoncé les modalités de la soirée d'un air méprisant... Ça alors, c'était un comble !

– Bien sûr que non, voyons ! fit Noëlle. Il n'est que de seconde génération. Son grand-père est allé au lycée dans le Bronx, ou quelque chose comme ça.

– Enfin, il a gagné son premier million à 22 ans, précisa Kiran. Dans l'immobilier.

– C'est l'archétype du *self-made man*. Tu devrais demander à Dash de te raconter son histoire, un jour, me dit Noëlle, un rien sarcastique.

– Et Cheyenne ? Avec qui y va-t-elle ? me renseignai-je, tout en sachant qu'elle serait vraiment la dernière à me prendre en pitié.

– Avec son mec de Boston, répondit Kiran. Comment s'appelle-t-il déjà ? Dork ? Doofball[3] ?

– Dougray, fit Ariana, imitant pour l'occasion l'accent anglais.

3. *Dork* et *doofball* signifient tous deux « crétin », « abruti ».

– Bon, et personne d'autre n'a une double invitation ? demandai-je, pleine d'espoir.

– Si, Gage. Mais il emmène Kiran, précisa Ariana.

– Ouais, ricana Kiran. Je vais passer pour la nana de Gage Coolidge. Je suis folle de joie !

– Ça t'apprendra à être une « deb », lâcha Noëlle entre deux gorgées de vin.

Voyant mon air perplexe, elle mit la main devant sa bouche et chuchota assez fort pour que tout le monde l'entende :

– Une débutante : une première génération.

Puis elle ajouta gentiment :

– Comme toi.

– Désolée, Reed, on ne peut rien pour toi, conclut Ariana.

– C'est pour ça qu'on t'a présentée à Whit, expliqua Noëlle. C'est ta seule chance.

– Attendez une seconde ! m'écriai-je. Kiran, tu n'es pas invitée ? Mais... tu es top model !

Kiran secoua la tête avec un petit rire moqueur.

– Ma chérie, même Scarlett Johansson ne pourrait pas y aller sans l'aide de Whittaker.

Elle vida son verre et creusa les joues le temps d'avaler son vin. Puis elle m'adressa un regard qui ressemblait à une mise en garde : « Si tu veux aller à cette fête, tu as intérêt à jouer fin ! »

Noëlle se leva et se pencha vers moi, si près que ses yeux n'étaient plus qu'à quelques centimètres des miens. En voulant détourner le regard, je plongeai dans son décolleté et rougis d'embarras.

– Reed, il est temps que tu comprennes qu'on ne fait rien au hasard, dit-elle en me posant une main sur l'épaule. On t'a présenté Whittaker pour que tu puisses venir à l'Héritage. On ne veut pas y aller sans toi.

Ces mots m'emplirent d'une joie sourde et une vague de chaleur m'envahit.

– On ira quand même, remarque..., gloussa Kiran.

Noëlle marcha jusqu'à la fenêtre. Elle but une longue gorgée de vin en laissant planer son regard sur la cour, puis se tourna de nouveau vers moi et me fixa intensément.

– C'est donc à toi de décider...

Noëlle voulait que je vienne. Thomas y serait. Et moi, je mourais d'envie de voir à quoi ressemblait cette fête. Une fête à laquelle Kiran ne pouvait pas entrer en se contentant de montrer une jambe promettait d'être fabuleuse.

Je pris une grande inspiration et me tournai vers Kiran.

– Est-ce que je peux t'emprunter des fringues pour vendredi soir ? Je dîne en ville. Avec Whittaker.

Mon chevalier

Le vendredi soir, Mme Lattimer m'escorta jusqu'à l'entrée de l'établissement. Ses talons aiguilles cliquetaient sur les pavés à un rythme effréné alors que nous avancions à une allure d'escargot, et cela contribuait au ridicule de la situation. Ils m'affublaient d'un chaperon pour traverser le campus, mais me laissaient le quitter seule avec Whittaker. Peut-être qu'en réalité Mme Lattimer devait juste s'assurer que je n'embarquais pas dans un bus de fêtards à destination de Montréal, plutôt qu'avec Whit.

En tout cas, j'étais superbe dans la tenue que Kiran m'avait prêtée. Même moi, je devais en convenir. Je portais une élégante robe noire à dos nu Calvin Klein, coupée au-dessus du genou. Ses fines bretelles soulignaient mon cou et mes épaules hâlés (à l'autobronzant). Je portais par-dessus une veste de brocart doré Chanel vintage, et j'avais enfin mis les boucles d'oreilles que Whittaker m'avait offertes. Kiran avait insisté pour que je relève mes cheveux. Quand je lui avais avoué ne savoir faire qu'une queue de cheval ou une natte, elle avait grommelé, puis s'était mise au travail. Pendant une bonne heure, elle s'était appliquée à rassembler mes boucles châtains dans un chignon sophistiqué, à la fois lâche et sexy. Une paire de Manolo Brahnik à bride complétait mon look. En résumé, j'étais digne de défiler sur un podium. Hélas pour moi, j'avais davantage l'impression de marcher vers l'abattoir !

– Nous vous accordons un immense privilège ce soir, mademoiselle Brennan. J'espère que vous vous en rendez compte, me dit Mme Lattimer alors que nous contournions le bâtiment Bradwell.

Elle avait remonté le col de son manteau sur son menton pour se protéger du froid, et sa voix me parvenait assourdie.

– Mme Whittaker n'accorde pas souvent ce genre de faveur, continua-t-elle.

Je la regardai du coin de l'œil. Après ce que j'avais découvert sur elle dans l'échange de messages entre Noëlle et Ariana, j'avais du mal à la respecter. Cette femme s'était laissé corrompre en échange d'un bon de shopping, afin qu'une bande de pestes puisse faire renvoyer une élève innocente.

– J'imagine, fis-je, impassible.

– Je vous ai peut-être sous-estimée la première fois que nous nous sommes rencontrées...

– Ah, merci...

– Walter doit avoir des sentiments très forts pour vous, reprit-elle en me regardant attentivement.

Elle avait l'air d'attendre quelque chose. Comme si j'allais lui confier les détails de notre idylle sordide.

– C'est possible.

Elle plissa les yeux et je devinai que je l'avais offensée. J'aurais sans doute dû me sentir flattée d'être entrée dans les bonnes grâces de la grande famille Whittaker. En réalité, j'étais surtout pressée de me débarrasser d'une nouvelle corvée.

– Tenez, voilà votre chevalier en armure de lumière, dit Mme Lattimer lorsque nous tournâmes au coin du bâtiment.

Pour le chevalier, je ne sais pas, mais pour l'armure de lumière, c'était indéniable ! Une voiture de sport au profil racé était garée devant l'entrée. Elle était si fine et si compacte que je me demandai comment Whittaker avait pu y entrer. En nous apercevant, celui-ci quitta son siège et poussa la portière, qui se referma dans un bruit feutré. Ni clang, ni vlam ! C'était sans conteste un bruit de voiture de luxe.

– Bonsoir, Madame Lattimer ! fit Whit en s'avançant vers nous, un énorme bouquet de roses rouges dans les bras.

– Bonsoir, Walter, répondit-elle sobrement.

Il portait un costume noir avec une chemise blanche et une cravate parsemée de minuscules armoiries. De fait, il était assez séduisant. Costaud, mais séduisant. Je notai avec soulagement qu'il ne m'inspirait plus la même aversion que l'avant-veille.

– Reed ! Tu es superbe ! s'écria-t-il.

– Merci, répondis-je, m'efforçant de prendre ce compliment à la légère.

Il me tendit les roses, qui embaumaient.

– Tiens, c'est pour toi.

– Merci, répétai-je.

Mme Lattimer se racla la gorge, comme pour me rappeler à l'ordre.

– Euh... Elles sont magnifiques ! ajoutai-je.

Whittaker sourit.

– Y allons-nous ?

Il m'offrit son bras comme dans les films, et je dus me retenir de rire. Mme Lattimer me chassa d'un signe de tête. Je pris le bouquet sur mon bras gauche et passai le droit sous l'avant-bras de Whit. Pour une débutante, je m'en tirais plutôt bien.

Whittaker m'escorta jusqu'à la voiture et alla m'ouvrir la portière côté passager avec une révérence. Je me laissai tomber dans le siège baquet et tirai ma robe sous mes jambes. Mme Lattimer, qui n'avait cessé de m'observer, ferma les yeux et secoua la tête.

Certes, il devait exister un geste plus gracieux pour arriver au même résultat, mais cela m'était égal : Whit n'avait rien remarqué. Il ferma la portière et se tourna vers Mme Lattimer pour lui dire quelques mots. Je voulus poser les roses à mes pieds, mais y renonçai faute de place. Comme il n'y avait pas non plus de siège arrière, je les gardai sur mes genoux et bouclai la ceinture de sécurité par-dessous.

Je humai leur parfum mêlé à l'odeur du cuir neuf et me renversai sur mon siège, tentant de chasser le nuage gris qui planait au-dessus de moi depuis le matin. Je passai la main sur le tableau de bord chromé et m'efforçai de voir le bon côté des choses. Cette voiture, cette robe, ces fleurs...

Être enlevée pour aller dîner dans un restaurant chic, pendant que mes camarades faisaient la queue à la cafétéria. J'avais de la chance, tout de même !

J'avais beau essayer de m'en convaincre, mes yeux s'emplirent de larmes. Le nuage gris descendit sur moi et m'enveloppa. Thomas. C'était Thomas et personne d'autre qui aurait dû m'inviter à cette soirée en amoureux !

Whit ouvrit sa portière et se plia en deux derrière le volant.

– Je suis très heureux que tu aies décidé de m'accompagner, me dit-il.

Je me forçai à sourire et me rappelai mes motivations. La fin justifie les moyens, n'est-ce pas ? Si tout se passait bien ce soir, je verrais bientôt Thomas.

– Je suis heureuse que tu m'aies invitée, répondis-je.

Anniversaire

En arrivant à Boston, je remarquai l'immense enseigne lumineuse Citgo[1] près de l'eau, et les panneaux de signalisation indiquant Fenway[2] et Harvard[3]. J'admirai les bâtiments chargés d'histoire, les dômes et les flèches savamment éclairés. Des dizaines de voiliers immaculés étaient amarrés dans le port, dont les eaux scintillantes clapotaient doucement. De grands immeubles d'appartements les dominaient de toute leur hauteur. Les occupants de ces logements devaient avoir une vue imprenable sur l'océan, et assister chaque matin à des levers de soleil à se damner.

1. On dit parfois que l'enseigne lumineuse de cette compagnie pétrolière est à la ville de Boston ce que la tour Eiffel est à Paris.

2. Fenway Park est un célèbre stade de baseball.

3. L'université de Harvard est située à Cambridge, tout près de Boston.

Je m'étais toujours demandé ce que cela faisait de vivre au bord de l'eau. Moi qui avais grandi en Pennsylvanie, dans les terres, et qui n'avais encore jamais vu l'Atlantique, j'étais fascinée de le découvrir enfin, fût-ce dans une vulgaire anse. L'eau était si belle, si paisible !

– Tu es sans voix, on dirait, murmura Whittaker.

Il prit un virage et le port disparut dans le rétroviseur.

– C'est tellement beau ! m'écriai-je. Merci de m'avoir amenée ici.

– De rien, répondit-il en souriant.

Nous continuâmes à longer l'océan. Bouche bée, je découvris les gigantesques hôtels qui bordaient le rivage et le nouvel aquarium, qui commençait déjà à dater. J'étais à Boston, tout près du MIT[4]. Dans la patrie du haricot blanc et de la tarte à la crème ! Sur le théâtre de la « Partie de Thé »[5] et de milliers d'autres événements historiques. Et j'y étais grâce à Whittaker.

Le restaurant était situé dans un quartier pittoresque au nord de la ville, où des rues pavées éclairées par des réverbères à l'ancienne serpentaient entre des bâtiments

4. Le Massachusetts Institute of Technology (MIT) est une université doublée d'un centre de recherche dédié aux sciences et aux technologies.

5. Le 16 décembre 1773, plusieurs colons américains déguisés en Indiens jettent à l'eau la cargaison de thé d'un navire de la Compagnie des Indes pour protester contre une taxe jugée injuste. Cette action est la première manifestation de la lutte pour l'indépendance.

de grès brun. Un valet en smoking prit les clés de la voiture de Whit, qui m'offrit de nouveau son bras pour me faire entrer dans l'établissement. J'aperçus au passage une pierre d'angle sur laquelle était gravée une date : 1787.

À l'intérieur, un deuxième valet me prit ma veste des mains et un troisième nous escorta jusqu'à une table située dans un coin de la salle, près d'un agréable feu de cheminée. Les conversations étaient feutrées, et l'on n'entendait que le cliquetis des couverts en argent sur la porcelaine. Je m'assis sur la chaise rembourrée qu'on me présentait, m'interdisant de m'extasier sur les diamants ornant la plupart des gorges féminines. Je n'avais jamais mis les pieds dans un restaurant aussi élégant, et c'était aussi la première fois que je me retrouvais entourée de gens aussi riches. « Si mes parents me voyaient... »

– Monsieur Whittaker, c'est un plaisir de vous recevoir ce soir, dit un grand moustachu venu nous accueillir. Souhaiteriez-vous voir la carte des vins ?

– Ce ne sera pas nécessaire, John, lui répondit Whit. Nous prendrons une bouteille de Barolo 73. Le même que pour l'anniversaire de mariage de mes parents.

Je clignai des yeux, incrédule. Depuis quand les mineurs avaient-ils le droit de commander de l'alcool, dans ce pays ?

– Excellent choix, monsieur. Beth vous apportera les menus dans un instant.

Il fit une brève révérence et s'éloigna d'un pas silencieux.

– Il ne te demande pas ta carte d'identité ? m'étonnai-je.

Whittaker s'esclaffa.

– Reed, je t'en prie !

Vexée, je croisai les jambes et cognai du genou le dessous de la table. Les assiettes tressautèrent.

– Oups, désolée !

– Ce n'est rien, dit Whittaker de sa voix chaude et tranquille, celle qui me faisait agréablement frissonner. Détends-toi...

– D'accord, je me détends.

Je posai les coudes sur la table, mais les retirai aussitôt. La femme âgée à la table voisine m'avait-elle regardée avec sévérité, ou était-ce son expression naturelle ? Je tripotai sous la nappe blanche le gros bracelet en or que Kiran m'avait prêté. Heureusement, Whittaker ne semblait pas remarquer que j'avais la bougeotte. Il se renversa sur sa chaise et sourit lorsqu'un homme mince vêtu d'un gilet noir versa de l'eau et des glaçons dans nos verres. Je remarquai que nous avions chacun trois verres à pied de différentes tailles. Allions-nous boire à ce point ? Les couverts en argent étaient beaucoup trop nombreux, eux aussi : deux cuillères, trois fourchettes et deux couteaux. Je doutais d'en avoir l'usage.

– Madame désire-t-elle du pain ?

Un autre homme qui s'était approché furtivement me présentait un panier plein de petites miches appétissantes.

Elles sentaient incroyablement bon et leur chaleur rayonnait sur mon visage.

– Euh... bien sûr, dis-je en tendant la main vers une boule rousse.

L'homme se racla la gorge, et je me pétrifiai.

– Si madame en choisit un, je serai ravi de la servir, claironna-t-il.

– Ah !

Je rougis violemment et louchai vers notre voisine. Cette fois, j'en étais sûre, elle me regardait méchamment.

– Je prendrai le marron, s'il vous plaît, dis-je, déconfite.

– Le pain de seigle noir ? Excellent choix, commenta l'homme avec un sourire hautain.

Il sortit une pince d'argent de derrière son dos, prit le pain dans le panier et le posa sur mon assiette.

Ce n'était pas très *fair-play* d'avoir caché la pince. En la voyant, j'aurais deviné !

– Et vous, monsieur ? demanda le serveur en se tournant vers Whittaker.

Quand Whit eut fait son choix, le serveur de pain alla s'adosser au mur à côté du serveur d'eau, prêt à satisfaire nos exigences. Était-ce là le métier de ces deux hommes ? Qu'avaient-ils écrit sur leurs CV ? « Expert en distribution de féculents » ? « Étancheur de soif professionnel » ?

Lorsque le type du pain fut parti, une jolie blonde s'avança et tendit à Whittaker un menu relié de cuir.

– Bienvenue à *La Triviatta*, dit-elle. Je m'appelle Beth et je suis à votre service. N'hésitez pas à me demander tout ce que vous voudrez.

– Merci, Beth ! fit Whittaker en levant les yeux du menu.

Elle pivota sur ses talons et s'éloigna.

– Euh, Beth ? fis-je.

Elle s'arrêta net.

– J'ai une question...

Plusieurs personnes me dévisagèrent. J'avais sans doute parlé un peu fort.

– Oui, mademoiselle ?

– Puis-je avoir un menu ? demandai-je.

Whittaker et Beth me dévisagèrent. Le type du pain gloussa et son comparse de l'eau lui donna un coup de pied discret dans la jambe. Mes joues s'embrasèrent.

– Oh, pardon. Puis-je avoir un menu, *s'il vous plaît* ?

Beth regarda Whittaker, attendant des instructions. Il sourit avec indulgence et hocha la tête.

– Un instant, dit Beth.

Elle me fit un sourire pincé et me regarda de haut, comme si j'étais un chien errant qui mendiait un repas gratuit. Quand elle s'éloigna enfin, je me penchai vers Whit.

– Est-ce que j'ai fait une bourde ?

– Oh non. Pas du tout ! J'aime que tu sois aussi... indépendante.

– Parce que j'ai demandé un menu ? m'étonnai-je.

Whit haussa les épaules

– Cet endroit est assez traditionnel. En général, les hommes commandent pour les femmes.

– Mais c'est archaïque !

– Non, rectifia Whit. C'est la tradition.

J'eus l'impression d'être une gamine de cinq ans et, soudain, mon ressentiment revint en force. Je n'avais pas envie d'être là. Je n'avais rien à faire ici ! Comment Whit osait-il me parler sur ce ton condescendant ?

Beth revint avec un menu pour moi, que je pris sans la remercier. Je parcourus rapidement la liste des plats et en barrai mentalement la plupart, soit parce qu'ils contenaient des fruits de mer, auxquels j'étais allergique, soit parce que leur nom était imprononçable. Je refermai le menu et le posai devant moi. Whittaker haussa les sourcils.

– Tu as déjà choisi ?

– Oui, dis-je en remuant les pieds sous la table.

– Qu'est-ce que tu voudrais ?

– Tu as vraiment besoin de savoir ? lui demandai-je sèchement.

Il cligna des yeux.

– Oui, si je dois commander pour nous deux.

– Je peux commander moi-même, merci !

Whittaker poussa un soupir impatient qui me hérissa. Il baissa lentement son menu et me considéra presque sévèrement au-dessus des chandelles vacillantes.

– Reed, laisse-moi au moins commander pour toi... C'est ce qui se fait, ici.

Je le fusillai du regard. Qui était ce type ? Un extra-terrestre ? Était-ce vraiment ainsi qu'il rêvait de passer son dix-huitième anniversaire ? Dans un restaurant aussi guindé ? C'était pathétique !

– Whit ? Je peux te poser une question ? murmurai-je en me penchant vers lui.

– Bien sûr.

– Qu'est-ce qu'on fait ici ? Pourquoi n'es-tu pas en train de délirer avec Dash, Gage et les autres ? Je suis sûre que vous auriez pu trouver un moyen de vous amuser entre mecs.

Whittaker tressaillit, puis piqua du nez dans son menu. Il se racla la gorge et prit son temps pour me répondre.

– Dash et Gage avaient autre chose de prévu ce soir, lâcha-t-il enfin. En plus, je te l'ai déjà dit, tu es la seule personne avec qui j'avais envie de fêter mon anniversaire.

À cet instant, tout devint clair pour moi. Whit mentait ! La vérité n'était pas qu'il ne voulait pas faire la fête avec Dash, Gage et Josh, mais que ces derniers n'avaient aucune envie de la faire avec lui. Ils avaient beau crier sur tous les toits qu'ils étaient ses amis, ce n'était que des mots. Ils le trouvaient drôle, mais ils ne l'aimaient pas vraiment. Autrement, ils auraient voulu être avec lui ce soir.

Je devinais ce qu'il éprouvait. J'avais moi-même passé plein d'anniversaires désolants, sans fête, sans amis, avec pour seule compagnie mon frère et mon père qui n'avaient pas le choix, et ma mère qui broyait du noir. Il n'y avait rien de plus triste, à mon sens, qu'un anniversaire raté.

Alors, je pris une décision. Tout vieux jeu, tout condescendant qu'il était, Whittaker était un gentil garçon qui méritait de passer une bonne soirée. Et, ce soir, cela ne dépendait que de moi.

– Je prendrai le filet mignon, à point, lui dis-je.

Whittaket sourit et se redressa.

– Très bien. Une entrée ? Un dessert ?

– C'est ton anniversaire. Je te laisse choisir.

Bourreau des cœurs

– Oui ! Encore un gagnant ! m'écriai-je, triomphante.

Whittaker ralentit en approchant de la guérite du gardien, juste avant le portail du lycée. La nuit était d'un noir d'encre et l'homme nous fit signe de passer sans lever les yeux de sa minitélévision. Je regrettais presque que cette soirée touche à sa fin. Finalement, après avoir décidé de n'y voir qu'une banale sortie en ville avec un ami qui fêtait son anniversaire, j'avais réussi à me détendre et commencé à vraiment m'amuser.

– Combien ? me demanda gaiement Whittaker.

– Deux dollars cinquante ! fis-je en brandissant la carte que je venais de gratter. Je t'avais dit que c'était un bon investissement !

Le sol de la voiture était jonché de billets perdants. Sur mes genoux, j'avais gardé les quelques gagnants. Cinq dollars par-ci, vingt dollars par-là, cela commençait à faire une somme.

– Tu vas peut-être même récupérer ta mise, annonçai-je en grattant la dernière petite carte.

Whit avait plaqué un billet de cent dollars sur le comptoir d'une station-service, sur l'autoroute. Le type de la caisse nous avait pris pour des dingues, mais il lui avait patiemment remis cent tickets de loterie.

– La loterie..., murmura Whittaker.

Il rétrograda avant d'aborder la route qui grimpait vers le centre du campus, puis ajouta :

– Je n'y aurais jamais pensé...

– Vraiment ? m'étonnai-je. On fait tous ça, chez nous, quand on a dix-huit ans.

Toutefois, je n'étais guère surprise que les gens comme Whittaker ne jouent pas à la loterie. C'était déjà bien qu'il en connaisse l'existence. Je grattai le dernier petit carré figurant sur la carte. Le symbole qu'il dissimulait était différent des autres.

– Perdu ! dis-je en le jetant par terre.

– Bon. Quel est le compte final ? demanda Whit.

J'allumai la lumière au-dessus de moi et fis le calcul de tête.

– Cent cinquante-deux dollars et cinquante cents, annonçai-je. Tu as fait un bénéfice.

– Quelle chance !

– Il faudra juste que tu les apportes chez un revendeur pour qu'ils te les échangent contre de l'argent, dis-je.

– Garde-les.

– Hein ? Non ! Ce sont tes billets d'anniversaire.

– Exact, mais c'était ton idée, répliqua Whittaker en arrêtant la voiture devant Bradwell, mon ancien dortoir. J'insiste !

Une sensation de chaleur déplaisante envahit ma poitrine. Cent cinquante dollars ! C'était beaucoup d'argent. Enfin, pour moi, car pour lui c'était une misère. Cela ne lui aurait posé aucun problème de les jeter par la fenêtre.

– D'accord, acceptai-je. Merci.

Il coupa le contact, et aussitôt l'atmosphère changea radicalement dans la voiture, comme si l'heure de vérité avait enfin sonné. J'avais décidé pendant le voyage du retour que, si Whit essayait de m'embrasser, je le laisserais faire. De toute évidence, c'était ce qu'il voulait, et ce ne serait pas un gros sacrifice pour moi si je pensais à tout ce qu'il m'avait offert. À ce qu'il pouvait encore m'offrir... Toutefois, maintenant que j'étais au pied du mur, je sentais faiblir ma résolution. Plus je passais de temps avec Whit, plus je l'appréciais... mais pas comme il l'aurait voulu. Je commençais à l'aimer comme un frère, sans aucune arrière-pensée.

Whittaker s'éclaircit la gorge et je me tournai vers lui.

« Allez, me répétai-je, ce n'est qu'un baiser... »

– Reed, je me demandais..., commença-t-il en frottant sa paume contre sa cuisse.

« Si tu peux m'embrasser ? Mais oui, allez ! Vas-y, et qu'on en finisse ! »

– Me ferais-tu l'honneur de m'accompagner à l'Héritage, demain soir ?

– Pardon ?

Et voilà ! Coup de théâtre ! Au moment que je redoutais le plus, il m'offrait le ticket magique sur un plateau d'argent. J'étais si soulagée, si heureuse que je faillis rire. Je me mordis la lèvre.

– À l'Héritage, répéta Whit, qui avait pris ma surprise pour de l'ignorance. Tout le monde y va et j'aimerais que tu m'y accompagnes.

– D'accord. Avec plaisir !

Whittaker sourit béatement. Pendant un instant, nous restâmes assis côte à côte sans rien dire. Je commençais presque à croire qu'il éprouvait la même chose que moi. Qu'il n'y avait entre nous qu'une joyeuse camaraderie.

Je ressassais cette pensée quand il prit maladroitement mon visage entre ses mains et plaqua sa bouche sur la mienne. Je m'efforçai de respirer par le nez, tandis qu'il imprimait un mouvement de rotation à sa langue. Lorsqu'il se recula enfin pour me regarder dans les yeux, je récupérai le plus d'air possible. Inutile de lui montrer qu'il avait failli m'asphyxier.

– J'en ai eu envie toute la soirée, me confia-t-il. Je me souviens de t'avoir proposé qu'on soit juste amis, mais il y a une telle attirance entre nous... Je ne peux plus faire comme si elle n'existait pas.

Ah...

Whittaker me fixait. Il attendait que je lui réponde pour lui confirmer ses impressions. Hélas, c'était au-dessus de mes forces. Je ne voulais pas lui mentir, mais pouvais-je pour autant lui avouer la vérité ? Lui dire que je l'appréciais, mais que je ne l'aimais pas ? Lui briser le cœur le soir de son anniversaire ?

– Je suis vraiment content que tu m'accompagnes demain, déclara-t-il.

Bon. Assez tergiversé ! Il fallait que je remette les pendules à l'heure, même si cela signifiait renoncer à cette fichue fête et à revoir Thomas.

– Whit, je...

Un coup frappé à la vitre nous fit sursauter à l'unisson. Whittaker se pencha pour regarder dehors.

– C'est Mme Lattimer, dit-il.

Mon cœur se mit à tambouriner dans ma poitrine. Au secours ! Depuis combien de temps était-elle là ? Nous avait-elle vus nous embrasser ?

– Tiens, prends ça, dit Whittaker en déposant une petite chose froide dans ma paume.

C'était un bijou. Une fine chaîne en or avec un pendentif ovoïde incrusté de diamants.

– Qu'est-ce que c'est ?

– Tu en auras besoin pour demain soir, me répondit-il. Range-le. Vite ! ajouta-t-il en jetant un regard furtif vers Mme Lattimer.

Affolée, je rangeai le collier dans mon sac, glissai des mèches rebelles derrière mon oreille et tirai sur ma jupe.

Whittaker sortit le premier et contourna la voiture pour venir m'ouvrir la portière. Je posai sur le sol un pied hésitant. Compréhensif, Whit me prit les mains pour m'aider à sortir.

– Bonsoir, mademoiselle Brennan, me dit Mme Lattimer en tenant son col relevé. Il est temps de faire vos adieux...

– Bonne nuit, Reed ! me dit Whit, obéissant.

– Bonne nuit, Whit. Bon anniversaire !

– Merci.

Et là, à ma grande surprise – sans parler de celle de Mme Lattimer –, il se pencha pour me donner un dernier baiser. La bouche fermée, lent, doux.

– Hem, fit notre chaperon.

Whit se redressa, aux anges, et rentra dans sa voiture. Embarrassée, je souris bêtement à Mme Lattimer.

– Une soirée réussie ? me demanda-t-elle.

– Assez...

C'était vrai. Je n'avais pas eu l'occasion de dire à Whit ce que je ressentais. Il allait regagner son dortoir, son espoir intact. Et le pire, c'est que j'étais soulagée. Je voulais tellement aller à cette fête...

Mais, après tout, était-ce si grave ? Whittaker avait envie que je l'accompagne. Il ne l'avait proposé à personne d'autre. Quel mal y avait-il à accepter l'invitation d'un ami ?

– Suivez-moi, me dit Mme Lattimer. Il est très tard.

J'inspirai profondément pour tenter de calmer mes nerfs. Le baiser, l'invitation à l'Héritage et tout ce qu'elle signifiait pour moi, pour Whit et pour Thomas... Cela faisait beaucoup de choses à digérer. Je levai les yeux vers les étoiles, mais mon regard s'arrêta sur une fenêtre, au dernier étage de Bradwell, et mon sang ne fit qu'un tour. Derrière la vitre, Missy, Lorna et Constance me regardaient.

Mon cœur s'arrêta de battre. Constance ! Constance avait tout vu, c'était évident ! La voiture, les fleurs, le baiser... Elle avait tout vu et, le cœur en charpie, elle me regardait fixement. Moi, son bourreau.

Conséquences

Le samedi matin, je fis les lits à toute vitesse et quittai précipitamment Billings, espérant intercepter Constance lorsqu'elle sortirait de Bradwell. Hélas, elle fut plus rapide que moi. En arrivant dans la cour, je l'aperçus à mi-chemin entre son dortoir et la cafétéria, flanquée d'un côté de Kiki et Diana, de l'autre de Lorna et Missy. À croire que ces pimbêches étaient soudain devenues ses meilleures amies. Une semaine plus tôt, les états d'âme de Constance étaient le dernier de leurs soucis. Je devinai qu'elles s'étaient rangées à ses côtés pour le seul plaisir de m'affronter.

Cela dit, elles ne m'impressionnaient pas. Comparées aux filles à qui j'avais affaire chaque jour dans mon dortoir, c'étaient des ours en peluche.

– Constance ! criai-je.

Elle trébucha imperceptiblement.

Lorna se tourna vers moi et lui chuchota quelque chose à l'oreille. Elles pressèrent le pas.

– Constance ! Attends-moi !

Elle ne s'arrêtèrent pas et se gardèrent de ralentir. Heureusement, même avec une entorse et un poumon artificiel, j'aurais pu les rattraper sans difficulté. Je les contournai au petit trot et me plantai devant elles. La souffrance que je lus sur les traits de Constance me laissa sans voix. Elles en profitèrent pour me contourner et poursuivre leur chemin.

– Constance !

Je lui posai une main sur l'épaule. Elle fit volte-face dans un flou de cheveux roux.

– Quoi ? fit-elle sèchement.

Ses joues étaient barbouillées et ses yeux verts bordés de rouge.

– Je... Je suis désolée, lui dis-je.

Elle plissa les yeux et se dandina d'un pied sur l'autre.

– Désolée pour quoi ? demanda-t-elle en levant bravement le menton.

– Pour hier soir. Je sais que tu nous as vus, et je te promets que je n'ai rien fait pour que cela arrive. Il faut que tu me croies.

– Mais oui, voyons ! ironisa Constance Tu ne voulais pas passer une soirée avec le mec le plus sexy d'Easton. Tu ne voulais pas qu'il t'offre des fleurs, et tu ne voulais pas non plus qu'il t'embrasse !

– Ouais. C'est bien l'impression que ça nous a donnée, intervint Missy, sarcastique.

Je fis la sourde oreille. Ce qu'elle pensait m'était complètement égal.

– Constance, je te le répète : Walt Whittaker ne m'intéresse pas !

– Ah ? Et pourquoi ? Il n'est pas assez bien pour toi ? me lança-t-elle, vexée. Maintenant que tu es à Billings, le mec sur lequel je craque depuis toujours n'est pas assez bien pour toi ?

– Non ! me défendis-je. Je n'ai jamais dit ça.

Mais que dire d'autre ? Je ne pouvais pas lui faire oublier ce qu'elle avait vu, ni lui promettre de ne pas revoir Whit, puisque j'avais décidé de l'accompagner à l'Héritage le soir même. J'étais coincée

– Écoute, je... Je voulais juste te dire que je suis désolée. C'est tout.

– Eh bien, moi aussi, je suis désolée ! cria Constance, des larmes dans la voix. Je suis désolée d'avoir cru pouvoir te faire confiance. D'avoir pensé qu'on deviendrait amies...

Missy et Lorna échangèrent des sourires narquois et quelques mots à voix basse. Diana semblait écœurée et Kiki regardait dans le lointain en écoutant son iPod.

– Tu vois, reprit Constance avec amertume, quand je t'ai rencontrée, je me suis dit que j'avais de la chance de partager ma chambre avec une fille comme toi. Une fille sympa, nature... Mais ce n'était qu'une façade ! En fait, la seule chose qui t'intéressait, depuis le début, c'était d'entrer à Billings. Et maintenant tu es aussi superficielle et faux cul que les autres !

Même Missy parut choquée par ces mots. Personne à Easton ne se hasardait à critiquer ouvertement les filles Billings. En tout cas, personne d'aussi bas dans l'échelle sociale que Constance.

– Cela me prouve qu'il ne faut pas se fier aux premières impressions, acheva-t-elle. Venez, les filles, on y va !

Elle pivota sur ses talons et fonça vers la cafétéria la tête haute, jouissant du pouvoir tout neuf qu'elle exerçait sur leur petit groupe. Hélas, il n'était que temporaire. Bientôt, plaindre Constance deviendrait ennuyeux et sans intérêt pour ses nouvelles camarades. En les regardant s'éloigner, je mesurai les conséquences de ce que j'avais fait. Constance était la seule personne à m'avoir témoigné de la sympathie depuis le premier jour, à m'avoir soutenue sans rien attendre en retour. Nous aurions pu devenir amies. Désormais, les filles Billings étaient tout ce qu'il me restait. Si je voulais avoir des amies à Easton, ce serait elles et personne d'autre.

Confession

J'entrai dans la maison Billings avec une détermination que je n'avais pas connue depuis le jour où, en 6e, j'avais enfin décidé de tenir tête à ma mère. Bien sûr, ma résolution avait fondu quand, entrant en trombe dans la maison, je l'avais trouvée évanouie dans une flaque de vomi.

Cette fois, je ne laisserais rien ni personne se mettre en travers de mon chemin. Ni Natasha, ni les photos de la soirée dans les bois, gravées à jamais dans mon esprit. Rien ! J'avais pris une décision et je m'y tiendrais, quelles qu'en soient les conséquences.

Je montai l'escalier quatre à quatre, croisant quelques filles qui me jetèrent des regards irrités, mais ne prirent pas la peine de me saluer. Arrivée devant la porte de Noëlle, je frappai bruyamment.

– Entrez !

– Salut. Je dois te parler de quel...

La surprise m'empêcha de continuer. Noëlle était debout au milieu de la chambre, vêtue d'une splendide robe de bal, et aidait Ariana à enfiler une tenue encore plus sublime, bleu turquoise. Ariana n'était pour l'heure vêtue que d'un string et d'un soutien-gorge sans bretelles, et son ventre était plus plat qu'une assiette en carton. Mon entrée fracassante ne les fit même pas ciller.

– Salut, Reed, dit Ariana avec un petit sourire.

Elle laissa Noëlle tirer sur sa robe et glissa les bras sous les fines bretelles. Noëlle remonta la fermeture éclair et j'eus soudain devant moi la princesse des fées et sa comparse, la reine des vamps. Je n'avais jamais vu de robes pareilles, sauf peut être aux Oscars.

– C'est... c'est ce que vous allez porter ce soir ? demandai-je.

Sur le lit de Noëlle étaient éparpillés cinq ou six masques de différentes couleurs, décorés de sequins, de plumes et de perles.

– Nous n'avons pas encore décidé, dit Noëlle en se tournant vers son miroir en pied.

Elles n'avaient pas encore décidé ! Avaient-elles d'autres robes cachées dans cette pièce ? Dans ce cas, pourquoi ne les avais-je pas trouvées en fouillant dans leurs affaires ?

– Tu avais quelque chose à nous dire ? demanda-t-elle lorsque ses yeux rencontrèrent les miens dans le miroir.

Tout juste. Je me jetai à l'eau :

– Oui. J'ai un truc à vous avouer et... et cela risque de ne pas vous plaire.

Noëlle et Ariana échangèrent un regard. Ariana s'assit gracieusement sur le bord du lit, lissa sa jupe et croisa les jambes.

– On t'écoute, dit-elle.

– Je ne sais pas par où commencer...

Je regardai le plafond et essuyai mes paumes moites sur mon jean.

– Par le début ? me suggéra Ariana.

Je ris nerveusement.

– D'accord. Vous vous rappelez la soirée dans les bois, à la fin du week-end des parents ? Le jour où j'ai rencontré Whit ?

– Oui, fit Noëlle en essayant une boucle d'oreille étincelante.

– Eh bien... Ce soir-là, Natasha a pris des photos de moi. Et de Whit. En train de... de faire des choses.

Elles daignèrent enfin m'accorder toute leur attention. Noëlle se détourna de son miroir et me regarda. Je m'attendais à ce qu'elle soit choquée, consternée, mais elle se contenta de me demander, avec un sourire malicieux :

– Quel genre de choses ?

La peste ! Elle voulait me le faire dire !

– En train de boire, de nous embrasser... Enfin, tu vois...

– Ah, d'accord, dit Ariana, impassible.

– Le lendemain, elle m'a montré les photos et m'a menacée de les envoyer au doyen, à moins que... que...

Elles allaient me tuer ! Elles allaient m'arracher les cheveux, me crever les yeux, et pire : me faire jeter dehors !

– À moins que quoi ? demanda Ariana.

– À moins que je vous espionne, avouai-je en fermant les yeux. Enfin, plus exactement que je fouille dans vos affaires. Au lieu de faire le ménage. Natasha est persuadée que vous avez monté un complot pour provoquer le renvoi de Leanne, et elle m'a demandé d'en trouver la preuve.

L'explosion que j'attendais ne vint pas. Quand je fus de nouveau capable de les regarder, Ariana me fixait et Noëlle avait toujours son sourire narquois. Elles ne paraissaient ni choquées, ni indignées. Elles auraient dû être furieuses contre moi. Ou au moins fâchées d'apprendre que Natasha avait voulu m'utiliser contre elles. Pourtant, elles restaient là, immobiles, impassibles. Je n'y comprenais rien.

– Et alors, tu l'as fait ? se renseigna Noëlle.

– Quoi ? Fouiller ou trouver la preuve ? demandai-je.

– L'un ou l'autre. Ou les deux, répondit Ariana.

Je baissai la tête, penaude.

– Oui. J'ai fouillé. Et j'ai trouvé quelque chose. Tout, en fait.

Là encore, alors que j'attendais des hurlements, elles observèrent un silence religieux. C'était pire que tout.

– Enfin, voilà ce que j'ai trouvé, dis-je en sortant la disquette de ma poche.

Je la leur tendis. Ni l'une ni l'autre ne broncha. Je contournai Noëlle pour aller la poser sur son bureau, puis je rebroussai chemin et j'attendis. C'était une véritable torture.

– Alors... Qu'est-ce que vous allez faire ?

Noëlle poussa un soupir théâtral. Elle se détourna et prit une autre boucle d'oreille dans son écrin.

– Rien.

– Comment ça, rien ?

J'avais beau savoir que je n'étais pas en position de me mettre en colère, je commençais à être excédée. Ne voyaient-elles pas dans quelle situation insupportable je me trouvais ? Elles auraient pu réagir, au moins !

– Vous n'êtes pas furieuses ?

– Pas spécialement, répondit Ariana.

Elle se leva et passa devant moi pour aller prendre une paire de sandales argentées dans sa penderie.

– Mais... Et Natasha ? protestai-je, désespérée. Si elle apprend que je vous ai tout raconté, elle va faire circuler ces images. Je vais être renvoyée !

– Arrête de geindre, dit Noëlle. Ça ne te va pas.

Elle enfila la boucle d'oreille et me considéra avec pitié.

– Mais...

Elle mit un doigt sur ses lèvres :

– Chuut !

Allez savoir pourquoi, ce geste me rassura un peu.

– Écoute, dit-elle, je te propose qu'on oublie ça pour l'instant.

Puis elle sourit.

– Alors, Whittaker t'a invitée à l'Héritage ?

Je ne voyais pas le rapport.

– Oui.

– Bien, approuva Noëlle. Il t'a donné le collier ?

– Ouais.

– Il faudra que tu le portes ce soir. C'est ton sésame pour entrer.

Sans blague ! Le ticket d'entrée de cette fête était un collier en or incrusté de diamants ? Qui payait pour cette folie ?

– Bon, allons-y..., murmura Noëlle

Elle fit un signe de tête à Ariana, qui sortit de sa penderie une somptueuse robe dorée, sous une housse de plastique transparent. Un masque doré orné de plumes blanches était accroché au cintre. Elle posa l'ensemble sur son bras et me l'apporta. La robe était à couper le souffle.

– C'est pour moi ? demandai-je.

Ariana hocha la tête.

– Kiran a deviné tes mensurations, expliqua-t-elle.

– Elle tombe juste quatre-vingt-dix-neuf virgule neuf fois sur cent, ajouta Noëlle. Cette fille a un vrai talent.

– Je n'arrive pas à le croire, fis-je, submergée par l'émotion.

Noëlle haussa les épaules.

– J'ai demandé une faveur à Roberto Cavalli. Tu ne peux pas vraiment te pointer à l'Héritage en jean et en T-shirt.

Elle me détailla de haut en bas d'un air amusé, puis se tourna et souleva ses épais cheveux.

– Tiens, descends ma fermeture, s'il te plaît. On parlera de tout ça plus tard.

– Tu te déshabilles ? m'étonnai-je.

– On ne va pas traverser le campus en robe de soirée, Reed. Cela serait un peu trop voyant.

– Ah.

Lorsque j'eus ouvert sa fermeture éclair, elle sortit de la robe complètement nue et se dirigea vers sa penderie pour enfiler un peignoir en soie. Alors qu'elle se tournait, j'aperçus la vilaine cicatrice rouge qui barrait son ventre. Elle ne parut pas soucieuse de la dissimuler, pas plus que le reste, d'ailleurs.

– Tiens, prends-la, me dit Ariana en me tendant la robe dorée.

– Ouais. Et va voir si Kiran a des chaussures assorties, ajouta Noëlle.

Puis elle rit.

– À mon avis, elle en a.

Je pris la robe avec mille précautions. Je ne savais que dire. J'aurais dû les remercier, mais je me sentais incapable de quitter cette chambre sans que rien ne soit résolu.

– Mais...

– On en parlera *plus tard*, répéta Noëlle d'un ton sans appel. Maintenant, file ! Il ne nous reste qu'une heure avant la tombée de la nuit.

J'eus le sentiment que, si j'hésitais une seconde de plus, tout risquait de basculer. Je pris donc la robe et décampai, avec l'espoir que cette situation se dénouerait d'elle-même, comme par enchantement.

Essayages

Une heure et demie plus tard, alors que notre train filait dans la campagne, je compris ce que Noëlle avait voulu dire lorsqu'elle m'avait affirmé qu'elles n'avaient pas encore choisi leurs tenues. Toutes les filles d'Easton invitées à l'Héritage s'étaient regroupées à l'arrière du wagon pour une séance d'essayages. À tour de rôle, elles enfilaient puis ôtaient des robes, qu'elles se passaient en gloussant, exhibant sans pudeur leurs dessous minuscules. Pendant ce temps, assise bien sagement dans ma robe dorée, je les écoutais d'une oreille distraite en me demandant par quel miracle j'avais atterri ici.

– Vas-y, chérie ! Retire-le ! beugla soudain Gage.

Il poussa un hourra, repris en chœur par Dash et les autres.

Un string de soie voltigea et atterrit sur son visage. Des rires fusèrent dans les rangs des filles. Gage l'empocha et prit la flasque d'alcool que lui tendait Dash. Il but une lampée de vodka en continuant à surveiller la scène d'un air concupiscent.

– Quand je pense que tu ne voulais pas prendre le train, lança-t-il à Dash, moqueur.

– J'admets que j'avais tort, répondit ce dernier avec un sourire narquois.

– Tu n'as pas envie de jouer à te déguiser ? fit une voix tout près de moi.

Je levai les yeux et vis Josh, debout dans l'allée, une main posée sur le siège devant le mien. Il était adorable dans son smoking noir, avec ses boucles rebelles.

– Ma robe me plaît, dis-je.

Je m'étais changée dans les minuscules toilettes du wagon, aussitôt après être montée dans le train, et je n'aurais retiré ma robe pour rien au monde. Jamais je n'avais imaginé porter un jour une tenue aussi divine.

– À moi aussi, elle me plaît, déclara Josh.

Je souris et me sentis rougir.

– Je peux..., murmura-t-il.

– Bien sûr !

J'étais ravie que Josh s'assoie à côté de moi. Cela empêcherait Whittaker d'occuper le siège quand il aurait fini de débattre de la dernière débandade de la Cour Suprême avec les mecs de son dortoir – ceux qui avaient déjà vu leur content de filles nues, ou ceux que cela n'intéressait pas.

– Tu n'es pas accompagné ? lui demandai-je.

– J'ai déjà de la chance d'être invité, dit-il en haussant les épaules. Je ne suis que de troisième génération. Je suis passé de justesse !

– Ah.

– Et toi, tu dois être fière ! Tu t'es approprié un des rares mecs à double invitation du lycée, plaisanta-t-il. Enfin, je ne suis pas surpris...

– Qu'est-ce que tu entends par là ? m'enquis-je, me demandant si je devais prendre la mouche.

– Je veux dire que, parmi toutes les filles du lycée, je ne suis pas étonné que Whittaker t'ait choisie, toi.

Je rosis de plaisir.

– Même si j'avais eu une double invitation, je ne crois pas que j'aurais invité quelqu'un, ajouta Josh. J'y serais allé en solo. Ça me ressemble.

Je ris et secouai la tête.

– Les filles t'auraient dévoré tout cru.

– C'est possible. Et, à part ça, comment vas-tu, Reed Brennan ?

– Bien ! Je vais bien, soupirai-je.

– Convaincant, dit-il avec un hochement de tête amusé. Continue à le répéter, et tu finiras peut-être par t'en persuader...

Je souris tristement. J'étais démasquée.

– Tu crois vraiment que Thomas sera là ce soir ?

Josh gonfla les joues, souffla longuement et se mit à jouer avec un accroc dans le tissu du siège de devant.

– J'espère. Comme ça, je pourrai lui botter les fesses.

Je le regardai sans comprendre.

– Pour toute l'inquiétude qu'il nous cause, expliqua-t-il.

– Ah oui. Ce détail...

Nous nous regardâmes quelque temps sans rien ajouter. Je fixai ses yeux verts, pleins de gentillesse et de franchise. Il sourit et je l'imitai malgré moi. Puis son regard descendit et s'arrêta un instant sur mes lèvres. Mon cœur s'emballa. Tiens ! Depuis quand Josh Hollis me faisait-il cet effet ? Je baissai vivement les yeux. J'avais soudain très chaud et la tête me tournait. « Thomas, me rappelai-je. Je vais à cette fête pour voir Thomas. »

Whittaker choisit ce moment pour faire son apparition.

– Bonsoir, Josh, dit-il d'une voix aimable. Je crois que tu es assis à ma place.

Quel culot ! Je secouai la tête, irritée, mais Josh se leva docilement.

– À plus tard, me lança-t-il.

Whittaker s'écarta pour le laisser passer, s'assit près de moi et posa un bras lourd sur mon épaule.

– Cette soirée s'annonce extraordinaire.

– Ouais, répondis-je en tripotant mon masque.

Je continuai à regarder Josh. Il avait rejoint Dash et Gage et plaisantait avec eux comme si de rien n'était.

Parade

Lorsque nous descendîmes du train à Grand Central Station, à New York, tout le monde ou presque était éméché. Kiran et Taylor passèrent leurs bras sous les miens et m'entraînèrent dans l'immense hall de la gare. Nous marchions aussi vite que nous le permettaient nos robes et nos escarpins, et nos voix résonnaient sous la coupole. J'avais du mal à réaliser que j'étais à New York, au centre de l'univers, vêtue de cette époustouflante robe de soirée que les passants admiraient. Je me sentais dans la peau d'une autre. D'une célébrité.

– Où va-t-on ? demandai-je lorsque nous débouchâmes toutes les trois dans la rue, telle une princesse à six jambes.

– Tu verras, me répondit Kiran.

Les autres nous suivaient en discutant à voix haute sans se soucier d'être entendus. Les voitures nous dépassaient en klaxonnant ou freinaient bruyamment à notre hauteur.

Nous croisâmes un vendeur de hot-dogs qui poussait sa charrette sur le trottoir en maudissant la terre entière et une ribambelle d'enfants déguisés en Spiderman ou en Bratz, qui couraient derrière des mères aux mines préoccupées. Deux grands costauds vêtus de cuir noir qui marchaient côte à côte en s'insultant obligèrent Cheyenne et Rose à s'écarter. J'étais dans cette ville depuis cinq minutes à peine, et j'avais déjà entendu plus de bruit, vu plus de choses insolites qu'en quinze années passées à Croton. Un petit groupe d'étudiants déguisés en vampires nous dépassa en courant sans manquer de nous dévisager. Un grand singe leur emboîtait le pas, tenant par la main une très belle fille vêtue comme Naomi Watts dans *King Kong*. Des morts-vivants et des farfadets criaient depuis les vitres des taxis. Dans une limousine au toit ouvert, quatre drag-queens aux seins énormes chantaient à tue-tête.

– J'adore New York à Halloween, dit Noëlle en portant une flasque d'alcool à ses lèvres. C'est le moment où tous les dingues sortent de chez eux.

Au bout de quelques rues, je commençai à avoir mal aux pieds et je me demandai pourquoi ces gosses de riches n'avaient pas loué une limousine, ou au moins hélé un taxi. Cependant, à mesure que nous avancions sous les regards ébahis des passants, je comprenais. Ils voulaient qu'on les voie et qu'on les admire. Cette marche forcée n'était rien de plus qu'une glorieuse parade.

Et tout compte fait, malgré mes orteils douloureux, cela me plaisait, car je découvrais la ville. Soucieuse de ne pas passer pour une péquenaude, j'évitai de m'extasier devant les vitrines des boutiques de luxe et les restaurants chics, ou de regarder trop ostensiblement par les fenêtres éclairées des immeubles. Je ne cillai même pas quand une femme, qui ressemblait à s'y méprendre à Sarah Jessica Parker, s'arrêta de pousser son landau pour admirer ma robe. Toutefois, malgré ma feinte indifférence, je n'en perdais pas une miette et j'étais à deux doigts de me pincer pour m'assurer que je ne rêvais pas.

Nous bifurquâmes dans une large avenue parsemée d'îlots de végétation. Un couple d'un certain âge en tenue de soirée nous dépassa. La femme portait d'énormes boucles d'oreilles scintillantes et sa jupe de soie froufroutait dans son sillage. Je jetai un coup d'œil furtif au panneau indicateur au-dessus de ma tête et souris. Nous étions sur Park Avenue. La célèbre Park Avenue. Elle existait vraiment, puisque j'y étais !

– Par ici ! annonça Dash en nous faisant traverser la chaussée.

Une Rolls Royce nous dépassa au ralenti et je louchai discrètement vers le chauffeur, sans perdre la cadence que Kiran et Taylor imprimaient à nos pas. En remontant l'avenue, j'admirai les entrées aux sols de marbre, avec leurs lustres scintillants et leurs magnifiques compositions florales. Cette opulence me laissait sans voix.

Kiran et Taylor s'amusaient comme des folles du clip-clop de nos talons, et nous faillîmes dépasser nos camarades quand ils s'arrêtèrent brusquement devant un portail de fer forgé. Nous étions arrivés.

Dash appuya sur une sonnette encastrée dans le mur de pierre grise. Deux secondes plus tard, un grand costaud en uniforme vert à pompons dorés se manifesta. Il nous considéra avec dédain, comme si nous étions de vulgaires passants.

– Que puis-je pour vous ? demanda-t-il d'une voix nasillarde.

Noëlle s'avança devant Dash et le portier écarquilla les yeux devant tant de beauté. Son regard descendit sur son décolleté, où scintillait le pendentif ovoïde.

L'homme esquissa un sourire et inclina la tête.

– Bienvenue, dit-il.

Il déverrouilla le portail, qui grinça comme si personne ne l'avait ouvert depuis des siècles. Dash présenta ses poignets ornés des boutons de manchette Héritage – la version masculine du laissez-passer. L'homme lui fit une révérence et s'effaça de côté. Whittaker me prit la main, me séparant de mes amies, et s'avança pour montrer ses propres boutons de manchette. Le portier jeta un coup d'œil sur ma poitrine et hocha la tête. La peau me picota d'excitation. J'étais entrée ! La première partie de mon projet avait réussi. Je n'étais plus qu'à un cheveu de revoir Thomas.

Bienvenue

– Cet endroit est incroyable, chuchotai-je à Whittaker tandis que nous nous mêlions à la foule des invités.

Sa main chaude et moite serrait la mienne comme un étau. J'aurais voulu m'arrêter pour regarder autour de moi, mais il était pressé d'aller je ne sais où.

– Il faut qu'on trouve une bonne place pour la bienvenue, dit-il en m'entraînant dans son sillage.

Je tenais mon masque devant mes yeux d'une main tremblante. Il faisait si sombre que j'aurais pu m'en passer, mais tous les convives portaient le leur, et je ne voulais pas attirer l'attention.

– La bienvenue ?

Whittaker ne me répondit pas. Dans la pénombre ambiante, je distinguais à peine les gens alentour. Si toute la fête se déroulait ainsi, jamais je ne trouverais Thomas. Surtout s'il portait un masque. Mon seul espoir était qu'il ait choisi de se démarquer. Le connaissant, ce n'était pas impossible.

Autour de moi, les jupes froufroutaient ; on sirotait des boissons en discutant à mi-voix. Rien que de très banal, pour l'instant. Je ne reconnus personne en traversant cette mer de visages masqués, même pas nos camarades que nous avions quittés en sortant de l'ascenseur.

Whittaker s'arrêta enfin et je repris mon souffle. Il glissa quelques mots à un grand serveur maigre, qui se retira et revint peu après avec deux verres posés sur un plateau. Whittaker me tendit une flûte au rebord givré pleine d'un breuvage rose vif et s'appropria le petit ballon rempli d'un liquide sombre. Je pris maladroitement le verre d'une main et répandis un peu de son contenu sur le sol de marbre.

Si je ne voulais pas causer de catastrophe, il fallait vraiment que je retire mon masque. Je le coinçai sous mon aisselle et empoignai le verre à deux mains.

– Qui habite ici ? demandai-je.

– Les Dreskin, dit Whittaker en regardant distraitement les femmes en robes de haute couture qui évoluaient dans la salle. Donald Dreskin, Dee Dee Dreskin et leurs parents. Ce sont des amis de ma famille.

– Ah ? Alors, tu es déjà venu ici ?

– À l'occasion. Et chaque année pour cette fête. Les Dreskin ont commencé à organiser l'Héritage bien avant ma naissance.

Il était tellement blasé ! Comme s'il arpentait chaque jour les demeures luxueuses de Park Avenue. Comme s'il trouvait banal cet appartement somptueux, qui faisait au moins cinq fois la superficie de ma maison. Moi qui n'avais encore vu que l'entrée, avec ses Picasso immenses et ses lustres art déco, et cette vaste salle dont les fenêtres donnaient sur Central Park, j'étais déjà éperdue d'admiration.

Soudain, un murmure s'éleva de la foule et tout le monde se tourna vers nous. Je jetai un coup d'œil par-dessus mon épaule pour voir ce qui se passait. Deux grandes portes venaient de s'ouvrir derrière moi. Elles donnaient sur une pièce légèrement surélevée, comme une scène.

– Ah, voilà ! dit Whittaker.

Un homme en smoking s'avança sur le seuil, le visage dissimulé par un masque de clown au regard mauvais. Il frappa dans ses mains et le silence se fit.

– Bienvenue à chacun ! Bienvenue à tous ! déclama-t-il, d'une voix à peine assourdie par son masque. En tant que maître de cérémonie de l'Héritage cette année, j'ai l'honneur et le privilège de vous inviter à pénétrer dans le sanctuaire.

Un frémissement d'impatience parcourut l'assemblée. Je partageais ce sentiment, bien qu'ignorant ce qui m'attendait de l'autre côté.

Le « maître » leva ensuite un doigt en guise d'avertissement :

– Rappelez-vous : ce que vous voyez... Ce que vous faites... Ce que vous touchez... Ce que vous baisez ici...

Cette obscénité déclencha un éclat de rire général. Visiblement elle ne choquait personne.

– Rien ne doit sortir d'ici ! acheva-t-il. Car vous êtes à l'Héritage, mes amis ! Allez en paix, et surtout ne regardez pas en arrière.

Sur ces mots, l'homme fit un pas de côté, et la foule se rua vers les portes comme si elle avait reçu l'ordre d'évacuer la salle.

– Qu'y a-t-il là-bas ? demandai-je à Whittaker qui me tirait par la main.

Après ce discours grivois, j'étais sur mes gardes.

– Tu vas bientôt le savoir..., me répondit-il avec un sourire malicieux.

Lorsque nous franchîmes la double porte, il serra ma main à la broyer et je me demandai si je ne m'étais pas lancée dans une aventure dont je ne ressortirais pas indemne.

Transe

En franchissant ces portes, j'étais passée de l'autre côté du miroir. Nous étions à présent dans une immense salle dc bal, drapée du sol au plafond de tentures rouges, noires, roses et violettes, en velours et en mousseline de soie. Des guirlandes de miroirs étaient accrochées çà et là, reflétant à l'infini les lumières stroboscopiques. Des acrobates vêtus de simples spirales colorées évoluaient sur des voiles fixés au plafond, décrivant des figures harmonieuses au-dessus de nos têtes. Au milieu de la salle, on commençait déjà à danser sur un tempo électronique assourdissant. Sur une scène circulaire près du DJ, un petit orchestre jouait un morceau au rythme endiablé, qui se mêlait aux pulsations de la techno pour produire une musique à la fois sinistre et envoûtante. De belles jeunes femmes circulaient dans la salle, offrant des boissons à la ronde et invitant les convives à pénétrer dans les alcôves fermées par des rideaux.

Je fus prise de vertige. C'était trop : il y avait trop de choses à voir, trop de bruit, trop de mouvement...

– Reed !

Kiran surgit de nulle part et me prit par la main.

– Viens danser !

Je regardai Whittaker, qui hocha la tête pour m'encourager :

– Vas-y !

– Je te retrouverai ! lui dis-je.

Il était devenu mon pilier, le seul élément rassurant dans cet univers chaotique.

– Ou je te retrouverai, moi, me promit-il.

Je laissai Kiran m'entraîner dans une sorte de vestibule où une femme en costume d'ange distribuait des cadeaux emballés dans du papier blanc. Deux filles entrées avant nous reçurent chacune un paquet et se précipitèrent dans une alcôve pour les déballer.

– Que font-elles ?

– C'est le cadeau blanc, dit Kiran par-dessus son épaule. Une tradition de l'Héritage. Il n'y en a pas un seul à moins de mille dollars...

– Mille dollars ! répétai-je, estomaquée.

– Ouais, mais tu ne sais pas ce que tu obtiens, cria Kiran. Après, on échange.

Incroyable ! Cette fête était incroyable ! Qui aurait cru qu'il y avait autant de richesse dans le monde ?

Kiran repéra Noëlle, Dash, Ariana, Taylor et Gage sur la piste de danse. Elle plongea sans hésiter dans la cohue et m'entraîna à sa suite. Puis elle pivota sur elle-même et me lâcha. Je n'avais jamais été très douée pour la danse, et je me sentis aussitôt mal à l'aise. Je regardai autour de moi pour voir comment se débrouillaient les autres. Il n'y avait pas de quoi être impressionnée. Je fermai les yeux, levai les bras et me laissai aller.

Cathartique. C'est le mot qui exprime le mieux ce que je ressentais. Au fur et à mesure que je dansais, j'évacuais mes angoisses. La musique était si forte qu'elle résonnait dans mon corps et prenait possession de mon esprit.

Isolée au centre de la piste, loin de Whittaker et de ces maudites alcôves, je me sentais revivre. J'avais rayé de mes pensées Natasha et ses menaces, Constance et ses accusations, Thomas et sa trahison, et l'inquiétude qu'il m'avait causée. Mon seul désir était de rester là, avec mes amies, jusqu'à la fin de la soirée.

– Tu t'amuses ? me cria Noëlle en passant ses bras autour de mon cou.

Elle se colla contre moi en dansant, naturelle et sûre d'elle comme toujours...

– Beaucoup ! lui répondis-je en m'efforçant de calquer mon mouvement sur le sien.

– C'est bien. Tu en avais besoin.

– Quoi ?

Je l'avais entendue, mais je n'avais pas compris le sens de ses paroles.

– Tu en avais besoin ! répéta-t-elle en me regardant dans les yeux. Profites-en !

Je perdis le rythme et cognai sa hanche. Elle me sourit, se détourna et alla rejoindre Dash en ondulant. Est-ce que j'étais parano, ou est-ce que son « profites-en » sous-entendait « pendant que tu le peux encore... » ?

Bien sûr ! Elles m'en voulaient à mort d'avoir cédé au chantage de Natasha. Elles me faisaient patienter pour mieux me châtier. Cette soirée était une sorte de fête d'adieu. Elles me laissaient entrevoir le cœur de leur monde doré pour que je souffre encore plus quand elles m'en claqueraient la porte au nez.

Désespérée, je cherchai du regard une fenêtre, un balcon, n'importe quel endroit où je pourrais respirer un peu d'air frais. Et c'est là que je le vis...

– Thomas !

Méprise

– Reed ! Reed ! Où vas-tu ? me cria Taylor.

Je ne lui répondis pas. Je n'avais pas le temps. Je me frayai un chemin entre les danseurs, distribuant des coups de coude et écrasant quelques orteils au passage. Malgré les lumières stroboscopiques et les bras qui encombraient mon champ de vision, je gardai les yeux rivés sur lui comme un tireur d'élite sur sa cible. Il était là, tout près, qui sirotait une boisson, une main dans la poche. S'il se tournait un peu, il me verrait.

Mais comment réagirait-il ? S'éclipserait-il ou viendrait-il à ma rencontre ? Pourquoi s'obstinait-il à regarder ailleurs ?

– Thomas !

J'arrivais au bord de la piste quand il fit demi-tour, souleva un rideau et se glissa dans une alcôve. Je relevai ma jupe et fonçai, contournant un couple enlacé près du bar, rentrant la tête dans les épaules pour éviter qu'un acrobate ne s'empale sur mes pinces à cheveux.

Haletante, j'ouvris brusquement le rideau et je le vis. Il me tournait le dos. Je lui saisis l'épaule pour l'obliger à me faire face.

– Thomas !

Ce n'était pas lui. Il était trop grand. Ses cheveux étaient trop longs. Il ne ressemblait pas à Thomas. Comment avais-je pu me tromper à ce point ?

Le type me considéra un instant, étonné, puis quitta précipitamment l'alcôve, comme si je l'avais surpris en train de voler des bonbons.

Bouleversée, je levai la tête et mon cœur s'arrêta. Je venais de comprendre pourquoi le faux Thomas s'était sauvé sans demander son reste. Je n'étais pas seule dans l'alcôve.

Dans le fond du réduit, Natasha Creenshaw étreignait une fille blonde ; leurs mains étaient enlacées et leurs têtes se touchaient.

– Oh, mon Dieu ! dis-je tout haut.

Natasha s'écarta légèrement pour reprendre son souffle et j'aperçus le visage de la fille qu'elle embrassait. Je reconnus sans difficulté ces joues rondes et ces lèvres pulpeuses. C'étaient celles de Leanne Shore.

Révélations

– Ah, super ! Il ne manquait plus que celle-là ! dit Leanne avec aigreur.

Bon... Elle était aussi aimable que dans mon souvenir !

– Excusez-moi, fis-je en reculant. J'ai cru voir quelqu'un entrer ici, et...

Natasha lissa sa jupe, inspira profondément et se leva. Sa robe bustier avait glissé et découvrait partiellement ses seins ; elle la remonta en la tirant sous ses aisselles.

– Je m'en vais ! dis-je, flairant le danger.

– Reste ! m'ordonna-t-elle.

Je me figeai. J'aurais donné cher pour me trouver ailleurs, mais j'étais incapable de faire le moindre geste.

– Tu ne vas parler de cela à personne, n'est-ce pas, Reed ? reprit Natasha sur un ton presque implorant. Je sais que tu me détestes, et pour cause, mais je t'en prie, n'en parle à personne.

J'avalai ma salive avec difficulté et jetai un bref coup d'œil à Leanne. Assise, les mains posées à plat de chaque côté des cuisses, elle regardait ailleurs. Avais-je bien entendu ? Natasha m'avait-elle réellement suppliée ? Avait-elle vraiment dit que j'avais raison de la détester ? Elle qui, hier encore, me menait à la baguette ?

– Je ne dirai rien. Je te le jure.

Elle soupira et baissa les yeux sans rien ajouter.

– Est-ce que vous... Vous êtes ensemble ? demandai-je.

Natasha consulta longuement Leanne du regard, puis alla se rasseoir près d'elle.

– Vas-y, soupira Leanne en croisant les bras.

Natasha ne pipa mot.

– Vas-y, dis-le-lui, insista Leanne. Ainsi, elle verra de quoi elles sont capables...

Je pressentis que cette petite mise au point allait me réserver quelques surprises.

Natasha prit la main de Leanne et enlaça ses doigts aux siens. Elle me regarda en hochant la tête.

– Oui. Nous sommes ensemble, dit-elle. Depuis la seconde.

– C'est pour ça que tu m'as obligée à fouiller partout ? dis-je en m'asseyant sur la banquette en face d'elles. C'est pour ça que tu voulais à ce point que Leanne revienne...

Natasha soupira à son tour.

– Reed, ce n'est pas ce que tu crois. C'est un coup

monté. En réalité, ce n'est pas vraiment moi qui t'ai fait du chantage. C'est Noëlle.

Je hochai lentement la tête, le temps de digérer cette information.

– Pardon ? Tu peux m'expliquer ?

– C'est Noëlle et ses copines qui m'ont ordonné de prendre les photos. Ce sont elles qui m'ont demandé de te faire du chantage.

Je la dévisageai, interloquée. De petits points noirs se mirent à danser devant mes yeux, et je les fermai pour repousser une vague de nausée.

– Ça va ? me demanda Natasha.

Je posai une main moite sur mon front brûlant. « Pourquoi ? » fut le seul mot que je parvins à articuler. Je rouvris les yeux et tentai de faire le point sur Natasha.

– Pourquoi as-tu accepté ?

– Elles m'ont menacée de dévoiler notre relation à tout le monde si je refusais, dit-elle en indiquant Leanne.

– Et alors ?... Tu avais peur d'être déshéritée par tes parents républicains ? fis-je, amère.

– Non ! se défendit Natasha. Ce n'était pas pour moi. Mes parents sont au courant de mon homosexualité depuis que j'ai treize ans. Ils trouvent ça cool. Ça les fait passer pour des gens excentriques auprès de leurs amis...

– Alors pour qui tu l'as fait ? insistai-je. Je ne comprends pas.

– Tu es vraiment trop conne ! cria Leanne. Elle l'a fait pour moi ! Si mes parents l'apprennent, ils me jetteront dehors. Ils ne se contenteront pas de me déshériter, ils me détruiront, au point que j'aurai de la chance ensuite de décrocher un job chez Gap. Elle l'a fait pour moi !

Médusée, je regardai Natasha caresser doucement le visage de Leanne du dos de la main. Cette dernière poussa un petit soupir tremblant et essuya une larme. Puis elles s'embrassèrent. Lentement, tendrement. Quand ce fut fini, Natasha pressa son front contre celui de Leanne et elles respirèrent ensemble.

Ce n'était pas seulement un couple de filles. C'était un couple de filles amoureuses !

Lorsque je le compris, je pardonnai à Natasha tout ce qu'elle m'avait fait subir. Elle l'avait fait par amour, comme moi quand j'avais décidé de garder secrète la lettre de Thomas. De plus, elle avait agi sous la menace de Noëlle, qui savait menacer comme personne. En somme, Natasha n'avait pas eu le choix.

Je réfléchissais à la suite des événements quand me vint à l'esprit une question évidente :

– Pourquoi ont-elles fait une chose pareille ? Elles devaient bien imaginer que je serais prête à tout pour ne pas être renvoyée. Que j'irais fouiller dans leurs chambres si tu te montrais assez persuasive. Tu n'imagines pas ce que j'ai trouvé ! Ça ne les inquiétait pas, que je découvre leurs secrets ?

– C'est à elles que tu devrais poser cette question, intervint calmement Leanne.

– Oui, confirma Natasha. Tu le croiras plus facilement, venant d'elles.

Je hochai la tête, encore un peu sonnée. Bonne idée : j'allais exiger des explications !

– Tu veux bien nous laisser seules maintenant ? me demanda Leanne en prenant la main de Natasha sur ses genoux. On n'a plus tellement l'occasion de se voir...

Elle avait prononcé cette phrase avec un soupçon de reproche dans la voix. Comme si c'était ma faute. Cela dit, elle n'avait pas complètement tort.

– Ouais, désolée ! dis-je en me levant sur des jambes tremblantes, prolongées par des talons de 9 centimètres.

Avant de sortir, je regardai Natasha par-dessus mon épaule.

– Ne t'inquiète pas, lui dis-je. Je ne trahirai pas votre secret.

Elle me sourit. Le premier vrai sourire dont elle m'ait jamais gratifiée.

– Merci, Reed !

Des pions

Pourquoi ? Pourquoi avaient-elles fait cela ? Pourquoi, pourquoi, pourquoi ?

Je m'arrêtai un moment devant l'alcôve pour reprendre mon souffle. Je cherchais désespérément une réponse. Dans quel but les filles Billings m'avaient-elles fait fouiller leurs chambres ? Avaient-elles voulu que je découvre leurs secrets malsains ? Que je trouve la preuve de ce qu'elles avaient fait à Leanne ? Et, si oui, retour à la question numéro un : pourquoi ?

Tout cela me paraissait être un jeu tordu et compliqué. Un jeu dont Natasha, Leanne et moi étions les pions. Noëlle et ses amies s'étaient amusées avec nous. Elles avaient voulu voir jusqu'où nous irions. Par simple désœuvrement, sans doute. Je ne voyais pas d'autre explication. Plus tôt dans l'après-midi, quand j'étais allée me confesser et leur donner la disquette, elles étaient déjà au courant. Elles savaient tout depuis le début, puisque c'était elles qui avaient tout manigancé.

Elles avaient dû bien rire de moi : « Regardez ce que fait Reed. Regardez comme elle est bête. Regardez quel pouvoir on a sur elle ! »

Plus j'y pensais, plus j'avais envie de leur arracher les yeux.

Je bombai le torse et, en proie à une violente poussée d'adrénaline, je fendis la foule comme une furie, emportant des coudes et des hanches au passage. Ça allait saigner !

Noëlle, Ariana, Taylor et Kiran étaient au milieu de la piste, à l'endroit où je les avais laissées. Je me plantai devant Noëlle, haletante, les yeux exorbités. Elle s'arrêta de danser, interdite.

– Il faut qu'on parle, lui dis-je.

– Détends-toi, Reed ! fit-elle d'une voix traînante en me posant les mains sur les épaules. On est à une fête. On est là pour s'amuser. Vous ne faites jamais la fête, chez vous, à Pétaouchnok ?

Je saisis ses poignets, en balançai un et serrai l'autre de toutes mes forces. Ariana, Kiran et Taylor nous encerclèrent.

– Il faut qu'on parle, répétai-je entre mes dents.

Noëlle écarquilla les yeux.

– Reed, tu te donnes en spectacle.

– Tu n'as rien vu ! sifflai-je. Je vous conseille de me suivre si vous ne voulez pas que tous ces gens entendent ce que j'ai à vous dire.

Elle me dévisagea un long moment, cherchant à deviner si je bluffais ou non. Je bluffais, bien sûr ! En faisant un scandale ici, non seulement je livrerais le secret de Natasha et Leanne, mais je passerais pour une imbécile.

Je plissai les yeux. Je sentais que j'étais tout près de l'emporter. Noëlle allait céder. Pour une fois...

– Entendu, dit-elle en me reprenant sa main. Inutile de me brutaliser.

Elle regarda ses amies.

– Venez, mesdames, trouvons-nous un endroit pour discuter.

Plus de secrets

– Voilà, Reed, on est toutes là, dit Noëlle en prenant place sur une méridienne de velours, à l'intérieur d'une alcôve.

Elle ôta ses chaussures et ramena ses pieds sous sa jupe, comme si elle s'installait pour prendre une tasse de thé et converser agréablement.

Ses amies s'assirent sur les autres sièges. En apparence, tout était calme et civilisé, mais au fond de moi je bouillais.

– Je sais ce que vous avez fait ! dis-je. J'ai découvert que vous avez manipulé Natasha pour qu'elle me fasse du chantage.

Noëlle me fixa.

– Et alors, qu'est-ce que tu veux ? Qu'on te décerne une médaille ?

Je serrai les poings.

– Je veux savoir pourquoi. Pourquoi vous m'avez fait cela. Qu'aviez-vous à y gagner ?

Noëlle soupira et regarda sur le côté comme si elle s'ennuyait à mourir.

– Nous n'avions rien à y gagner, dit tranquillement Ariana. Il n'y a que toi qui avais quelque chose à y gagner.

– Comment ça ? demandai-je. Je ne comprends pas.

– On te testait et tu as remporté l'épreuve ! claironna Kiran.

Elle sortit de son sac à main sa sempiternelle flasque d'alcool et la brandit en l'air.

– Il faut fêter ça !

Je réprimai un nouvel accès de colère. J'étais de plus en plus désorientée.

– Vous m'avez testée ? Comment ? Pour quoi faire ?

Kiran but une gorgée d'alcool et posa un doigt sur ses lèvres. Noëlle secoua la tête avec lassitude. Ariana avait le regard fixe.

– Pour voir si on pouvait te faire confiance, dit Taylor.

Assise sur son pouf, les pieds en dedans, elle me fit penser à une fillette attendant sa mère à l'arrêt de bus.

– On a fait tout ça pour s'assurer qu'on pouvait te faire confiance, répéta-t-elle.

« Pour s'assurer qu'elles pouvaient me faire confiance... »

– Et j'ai remporté l'épreuve ? Comment est-ce possible ? J'ai fouillé dans vos chambres. J'ai trouvé vos secrets les plus sordides. J'ai violé votre intimité. Comment ai-je fait pour réussir ?

Noëlle rit.

– Tu n'as rien violé du tout. On avait mis toutes ces conneries exprès pour que tu les trouves.

« Quoi ? »

Le choc était tel que je fus obligée de m'asseoir. Je me laissai tomber sur la banquette aux pieds de Noëlle, et les dernières semaines de ma vie défilèrent devant mes yeux à toute vitesse. Est-ce que rien de tout cela n'avait été réel ?

– Dites-moi que vous plaisantez ! les implorai-je.

– Tu penses vraiment que je m'empiffre en cachette ? gloussa Kiran. Je t'en prie. Je mange ce que je veux, quand je veux. Question de génétique...

– C'est moi qui ai eu l'idée de la boîte de bonbons ! s'écria Taylor, toute fière.

– Et les délires de Taylor, c'est moi ! signala Kiran. C'était bien vu, non ?

– C'était excellent ! confirma Taylor. Sauf que j'ai eu des crampes dans les doigts pendant plusieurs jours.

– Les photos de Dash étaient authentiques, par contre, intervint Noëlle avec un petit sourire. Même pas retouchées. J'ai de la chance, non ?

J'étais écœurée. Non seulement elles m'avaient piégée, mais elles l'avaient fait dans les grandes largeurs. Elles avaient dû mettre des jours à échafauder leur plan. Pendant tout ce temps, elles avaient comploté dans mon dos. Moi qui les prenais pour mes amies… Elles m'avaient trompée depuis le début. Est-ce que rien de ce qu'elles m'avaient dit n'était vrai ?

– Je n'oublierai jamais ta tête le matin où Natasha t'a montré le diaporama, s'esclaffa Kiran. Et mon anniversaire ! Plus on t'offrait de cadeaux, plus tu étais verte.

– Rongée par la culpabilité, résuma Ariana.

– Franchement, je suis surprise que tu n'aies rien deviné, dit Noëlle. On a failli se faire coincer tellement souvent…

– Comme le matin où je t'ai surprise dans notre chambre ! s'exclama Taylor. Je n'aurais jamais dû revenir, mais j'avais complètement oublié que tu serais en train de fouiller. En voyant ta tête, j'ai compris que tu avais déjà trouvé les papiers sous mon lit, alors j'ai improvisé et je t'ai demandé de relire mon devoir. Et tu as été adorable.

Elle prit la pose et récita, la main sur le cœur :

– Tout le monde dit que tu es la personne la plus intelligente qu'on ait jamais vue sur le campus, Taylor… C'était tellement mignon !

– Et l'ordinateur d'Ariana ? ajouta Kiran. On a cru que tu ne trouverais jamais ce fichu mot de passe, alors qu'on te l'avait pratiquement soufflé.

– Par contre, tu as dû t'arracher les cheveux avec mon agenda, dit Ariana. Je suis désolée !

Jamais je ne m'étais sentie aussi humiliée. Elles savaient tout depuis le début ; elles m'avaient menée en bateau. Le soir où Ariana m'avait confié son sac, elle l'avait fait sciemment. Je croyais avoir été intelligente, astucieuse et discrète, mais je n'avais rien été de tout cela. J'avais juste été dupée.

– Enfin, la vraie question, c'était de savoir si tu nous dénoncerais au cas où tu trouverais des choses compromettantes, dit Noëlle. On avait décidé que si tu restais loyale envers nous, malgré la menace qui planait sur toi, tu remporterais l'épreuve.

– Et c'est ce que tu as fait, souligna Ariana. Désormais, on peut te faire confiance pour n'importe quoi. Pour tout.

Je fus prise d'un frisson. Je n'arrivais toujours pas à croire que j'avais éprouvé tout cela pour rien. Toute cette peur, toute cette culpabilité...

– Qu'auriez-vous fait si j'étais allée directement trouver le doyen avec la disquette ? demandai-je. Vous avez joué à un jeu dangereux. Vous auriez pu être renvoyées.

Noëlle rit de nouveau. Cette fois, ses amies l'imitèrent.

– Voyons, Reed, tu crois vraiment qu'on peut nous renvoyer pour si peu ? Un jeu dangereux ? Non. Il n'y a jamais eu de danger.

– Sauf pour toi, dit Kiran. Si ces photos avaient circulé, tu te serais retrouvée dans le premier bus pour Croton avant d'avoir compris ce qui t'arrivait.

– C'est vrai qu'elles sont assez compromettantes, lâcha Noëlle, le visage impassible.

Elles pouffèrent, et je luttai de nouveau contre la nausée. Elles trouvaient ça drôle. Ça les amusait de jouer avec les sentiments des gens. Avec leur vie. Avec leur avenir.

– Allez, Reed..., dit Ariana en se levant.

Elle vint s'asseoir près de moi et me passa un bras autour des épaules. Sa main était glacée.

– C'est fini, maintenant ! Tu ne comprends pas ce que tout cela signifie ?

« Cela signifie que vous êtes complètement dingues, répondis-je en moi-même. Vous êtes odieuses ! J'ai fait un pacte avec le diable ! »

– Cela signifie que tu es des nôtres, désormais, reprit-elle. Complètement.

– Tu n'auras plus à jouer les Cendrillon, ajouta Taylor.

– Et c'est bien dommage parce que je déteste faire mon lit, grommela Kiran avant de boire une lampée d'alcool.

– Ça veut dire qu'on t'accepte ! renchérit Noëlle. Pour de bon, cette fois. À partir de maintenant, plus de secrets entre nous.

Ces derniers mots m'emplirent de joie malgré moi. Toute désespérée que je sois, j'étais heureuse d'être acceptée par ces dingues. Fallait-il que j'aie perdu la tête, moi aussi ! M'avaient-elles envoûtée à ce point ?

Je levai les yeux et croisai le regard sombre de Noëlle.

– Plus de secrets ? répétai-je.

– Aucun.

Je regardai Ariana, qui m'adressa son éternel sourire énigmatique. J'étais encore en colère, et je savais que ce sentiment ne me quitterait pas de sitôt. Cependant, j'avais eu le choix. En arrivant à Billings, je savais de quoi ces filles étaient capables – du moins, dans une certaine mesure. J'avais voulu devenir leur amie malgré tout, parce que je savais ce qu'elles pouvaient m'apporter, à quel avenir j'étais promise si je les fréquentais. En leur compagnie, je me sentais différente, importante. J'avais l'impression d'avoir de vraies amies. Et leur jeu malsain avait eu pour seul but de vérifier si j'étais digne d'être des leurs.

La loyauté passait avant tout, ainsi que me l'avait affirmé Whittaker.

Très bien. J'avais retenu la leçon.

– Alors, tu ne nous en veux pas ? s'enquit Ariana.

– On peut retourner faire la fête ? demanda Noëlle en se levant. Cette discussion m'ennuie.

– Oui, dis-je. Vous pouvez y aller. Je ne vous en veux pas.

J'avais beau me sentir épuisée, je parvins tout de même à me lever. Taylor m'étreignit brièvement et quitta l'alcôve. Kiran me plaqua une bise sur chaque joue, me fit un clin d'œil et lui emboîta le pas. Ariana partit sans mot dire. J'allais la suivre quand je m'aperçus qu'une question importante n'avait pas reçu de réponse. Je me tournai vers Noëlle.

– Alors, ces fichiers que j'ai trouvés sur l'ordinateur d'Ariana, les antisèches et les messages ? Ils étaient faux, eux aussi ?

Noëlle sourit, énigmatique.

– Tout a une raison d'être, Reed. Souviens-toi de cela. Tout a une raison d'être.

Fini

Quelques heures plus tard, nous quittâmes la fête tous ensemble et sortîmes sur Park Avenue main dans la main, hilares. Kiran tenait à peine debout. Nous avions passé la nuit à boire, à danser et à échanger des histoires. J'avais pris soin de rester à distance des alcôves, me sentant plus en sécurité sur la piste de danse. Noëlle et Dash avaient disparu pendant plus d'une heure, et étaient revenus groggy, échevelés, mais satisfaits. Kiran s'était éclipsée avec un groupe d'habitants du Kent pour réapparaître dans une robe différente. Ce détail avait beaucoup amusé ses amis. Je n'avais pas compris pourquoi, mais n'avais pas demandé d'explications. Je crois que je préférais ne pas savoir.

Nous avions aussi déballé nos cadeaux. Kiran avait reçu une étole en fourrure blanche qu'elle avait drapée sur sa nouvelle robe. Taylor arborait un superbe sac Chanel,

Ariana tenait par la bride une paire de chaussures Dior et Noëlle était coiffée d'un diadème de cristal, qui rejoindrait sans doute le bazar déjà accumulé sous son lit, dès notre retour à Billings. Quant à moi, j'avais échangé une affreuse ceinture de créateur contre une magnifique bague Tiffany en or blanc ornée d'un saphir, que je portais fièrement à l'annulaire droit. Hormis les boucles d'oreilles de Whittaker, c'était mon premier vrai bijou. Toutes les cinq secondes, je tendais la main devant moi pour l'admirer.

C'est justement ce que je faisais quand une grosse main s'empara de la mienne. Je tournai la tête et découvris Whittaker.

– Whit ! dis-je en souriant. Où étais-tu passé ?

– C'est ce que j'allais te demander, répondit-il avec un soupçon de mauvaise humeur. Je t'ai à peine vue de la soirée !

Derrière moi, Noëlle, Ariana et Taylor gloussèrent.

– Je sais. Je suis désolée ! dis-je en lui posant une main sur la poitrine. Je m'amusais avec mes amies. On avait quelque chose à fêter.

– Quoi ?

Noëlle répondit à ma place.

– Des trucs de filles, mon chéri, dit-elle en lui tapotant la joue. Des trucs de filles.

Sur ces mots, elle partit d'un rire hystérique que je trouvai assez contagieux. J'étais peut-être plus saoule que je ne le pensais.

– Dépêchez-vous ! intervint Josh en s'efforçant de nous rassembler. On risque de louper le dernier train.

Nous le suivîmes, tel un troupeau titubant et débraillé. Whittaker semblait être resté parfaitement sobre. Il avait passé un bras autour de ma taille et je lui en étais reconnaissante : il me réchauffait tout en me stabilisant. En entendant les filles claudiquer sur leurs talons hauts, je me disais que ce serait un miracle si personne ne se foulait la cheville.

– Tu t'es bien amusée, au moins ? me demanda-t-il.

– C'était fabuleux ! Merci beaucoup de m'avoir invitée !

– De rien, dit-il en me serrant contre lui.

Il réfléchit un instant, puis ajouta :

– Je me disais que, cet hiver, on pourrait peut-être rendre visite à mes parents à Tahoe[1]... Je suis sûr qu'ils adoreraient faire ta connaissance.

Je trébuchai sur une ride du trottoir et m'accrochai à lui pour ne pas tomber.

« Parents... Rencontrer... Rencontrer ses parents ? Non ! Mauvaise idée ! »

Je fus prise d'un léger vertige. Lorsque je me ressaisis, je repoussai légèrement Whittaker et basculai la tête en arrière pour le regarder.

1. Le lac Tahoe est situé dans la sierra Nevada, à la frontière entre la Californie et le Nevada, dans une région touristique qui abrite des stations de sports d'hiver.

– Whit, je peux te parler une seconde ? En tête à tête.

– Bien sûr, dit-il.

Puis, s'adressant aux autres :

– Partez devant, on vous rejoint.

Noëlle m'adressa un regard entendu et s'éloigna. Je pris mon courage à deux mains. Même saoule, je savais ce que j'avais à faire. Cela n'avait que trop duré. Whittaker méritait de connaître la vérité.

– Whit, je suis désolée, mais je pense qu'il vaudrait mieux ne pas nous revoir.

– Pardon ?

– Je suis désolée. Je t'aime bien, je trouve que tu es un mec super, mais tu... Tu ne m'attires pas.

– Oh, fit-il en fixant ses pieds. Eh bien, tu n'y vas pas par quatre chemins !

– Excuse-moi. Je ne voulais pas être brutale, dis-je, les larmes aux yeux. J'ai seulement pensé que tu aimerais connaître la vérité.

Whittaker respira à fond et hocha la tête.

– J'apprécie, dit-il hardiment. Je suis déçu, mais je te remercie pour ton honnêteté.

Je soupirai.

– Je suis sûre qu'un de ces jours tu vas rendre une fille super heureuse, affirmai-je.

Whittaker rit.

– J'espère !

Je chancelai sur mes talons et il m'enlaça de nouveau. Je venais de rompre avec lui, mais il était toujours aussi prévenant. Cela me fit penser à Constance, qui m'avait pris si gentiment la main pendant le culte du matin, le jour où le doyen avait annoncé la disparition de Thomas. Ces deux-là étaient faits l'un pour l'autre !

– Bien sûr que oui ! lui assurai-je d'une voix pâteuse. D'ailleurs, je connais quelqu'un qui pourrait te plaire. Tu la connais aussi, d'ailleurs. Je suis persuadée qu'il te suffirait de passer une soirée avec elle pour en tomber fou amoureux.

Whittaker sourit tristement.

– Qui sait... Mais je te propose de terminer cette conversation quand nous serons dans le train, dit-il en pressant le pas.

– D'accord, fis-je, les yeux mi-clos.

Le train, un siège confortable, éventuellement un petit somme... Cette perspective m'enchantait. Cependant, j'avais beau avoir hâte, je n'arrivais pas croire que tout était fini. L'Héritage, mon idylle avec Whit, ma première visite à New York, tout. C'était passé en un éclair, et je n'avais pas revu Thomas.

Il n'était pas venu. En somme, j'avais fait tout cela pour rien.

Je soupirai tristement. Soudain, je n'avais plus qu'une envie, rentrer à Easton et passer à autre chose.

Affaire classée

La tempe appuyée contre la vitre fraîche, je regardais le monde revenir à la vie. Le soleil se levait lentement derrière les arbres au feuillage flamboyant. Le bourdonnement du train avait depuis longtemps plongé la plupart de mes camarades dans un profond sommeil. Quant à moi, je n'arrivais pas à détacher mes yeux du paysage. Il était si beau, si plein de promesses que je ne voulais pas en perdre une miette.

Noëlle, le diadème de travers, s'était assoupie sur l'épaule de Dash, qui avait remonté sa veste sur son visage et l'enlaçait tendrement. De temps à autre, je les regardais et souriais. Jamais je ne les avais vus aussi paisibles ensemble.

Quelque part au fond du wagon, Ariana et Taylor chuchotaient. Kiran, allongée en travers de trois sièges, dormait d'un sommeil de plomb. Sa fourrure en guise d'oreiller, elle reposait sur les genoux de Gage. Whittaker avait tenté de convaincre ce dernier d'ôter sa veste pour la couvrir, mais Gage l'avait envoyé balader :

– C'est ça, ouais. Et moi, j'ai pas froid, peut-être ?

Whit s'était alors empressé de retirer sa propre veste pour la déposer sur les épaules de Kiran. À présent, il dormait à l'avant du wagon et ronflait plus fort que tout le monde.

J'entendis un soupir et regardai sur ma gauche. Natasha était assise bien droite près d'une fenêtre, le coude appuyé sur un genou, les doigts devant la bouche. Elle regardait dehors, triste et pensive. Je me demandai à quoi ressemblerait notre relation, désormais. Elle avait partagé involontairement son plus gros secret avec moi. Serions-nous amies comme je l'espérais, ou resterions-nous ennemies ? J'avais le sentiment qu'elle gagnerait à être connue.

Quelqu'un entra dans mon champ de vision, me tirant de ma somnolence. Je reconnus Josh, et mon cœur fit un bond. C'était la deuxième fois de la soirée que cela se produisait. Ça commençait à devenir louche !

– Salut, fis-je.

– Salut. Ça te dérange si...

Il me montra le siège libre, à côté du mien.

– Non, je t'en prie...

Josh s'assit en soupirant, posa ses mains à plat sur ses cuisses et se renversa sur le siège. De tous les garçons présents, c'était le moins débraillé. Sa chemise était toujours rentrée dans son pantalon, sa cravate n'était que légèrement desserrée et un seul bouton de sa chemise était défait. J'en déduisis qu'il n'avait pas fait de folies de son corps, et cette idée me fit plaisir.

– Alors, cette soirée ? me demanda-t-il. Intéressante ?

– Tout à fait. C'est le mot qui convient.

– Mais... pas de Thomas ?

Le train amorça un virage en grinçant à déchirer les tympans. Je retins ma respiration et agrippai le siège devant moi.

– Ce n'est rien, dit Josh. Juste un virage.

– Oui. Je sais.

En réalité, ce qui m'avait effrayée, c'était que j'avais eu à peine une vague pensée pour Thomas depuis que j'avais quitté Leanne et Natasha. Je l'avais quasiment oublié, et c'était peut-être mieux ainsi.

– Je suis sûre qu'il va bien, murmurai-je, surtout pour dire quelque chose.

La vérité, c'était qu'à cet instant Thomas ne m'importait plus. Il m'avait quittée. Il avait disparu sans daigner me dire au revoir et m'avait laissée aux prises avec les filles Billings, Whittaker et la police. C'était bien la preuve que je ne comptais pas pour lui. Je m'étais démenée, j'étais même sortie avec un mec qui ne me plaisait pas pour être invitée à l'Héritage, où j'espérais le revoir, mais il n'avait pas pris la peine d'y venir.

Non, Thomas Pearson ne m'intéressait plus. J'étais passée à autre chose.

– Ouais, j'en suis sûr moi aussi, fit Josh sans grande conviction.

– Tu sais quoi ? dis-je. Je n'ai plus envie de parler de Thomas. J'espère qu'il se porte bien, mais franchement, lui et moi, c'est une affaire classée. Il est parti vivre sa vie, et c'est tant mieux pour lui. Maintenant, à moi de vivre la mienne.

Josh me considéra en arquant les sourcils.

– Vraiment ?

– Vraiment, répondis-je en hochant la tête.

– C'est une réaction assez saine, commenta-t-il simplement.

– Oui, je crois.

Là-dessus, je bâillai à m'en décrocher la mâchoire. Mes paupières papillonnèrent et je me laissai aller contre l'épaule de Josh.

– Fatiguée ? demanda-t-il.

– Ouais.

– Tiens, viens !

Il souleva son bras et me laissa me pelotonner contre lui. Ce geste affectueux, qui semblait pourtant tout naturel, fit accélérer mon pouls. Josh m'avait toujours témoigné de l'amitié, et je m'apercevais soudain que j'étais à l'aise avec lui. Plus que je l'avais jamais été avec Whit.

Et sans doute plus que je l'avais été avec Thomas, qui avait l'art de tout compliquer.

Je restai deux secondes dans cette position avant d'avoir mal à la nuque. Je tournai la tête de côté pour trouver une position plus confortable. Josh dégagea son bras et me dirigea vers le bas jusqu'à ce que ma tête repose sur ses cuisses.

Ah, ouais ! Là, j'étais bien.

– Merci, murmurai-je.

– De rien.

Alors que je sombrais dans le sommeil, bercée par le train et les murmures étouffés de mes amies, il me sembla sentir le doigt de Josh ramener délicatement une mèche de cheveux derrière mon oreille.

Et je souris.

Morts

Lorsque nous descendîmes du train à Easton, les derniers lambeaux de nuit s'effilochaient, laissant place à un épais brouillard. Mes talons s'enfonçaient dans l'herbe humide et la terre meuble. Je retirai mes chaussures et poussai un soupir de contentement. Hélas, j'avais beau remuer les orteils en marchant, le soulagement dura à peine dix secondes avant que mes pieds ne se changent en blocs de glace.

– Est-ce que ça va ? me demanda Josh en m'effleurant le bras.

– Ça va. Je suis pressée de rentrer chez moi.

Chez moi, à Easton. Chez moi, à Billings ! C'était la première fois que je m'en rendais vraiment compte.

Nous arrivâmes enfin à la clôture qui délimitait le campus et longeâmes le grillage jusqu'à l'ouverture, dissimulée sous un buisson d'arbustes à feuilles persistantes.

Nous la franchîmes les uns après les autres en prenant garde de ne pas accrocher nos vêtements. Aucun de nous n'avait eu le courage de se changer. Si nous étions pris maintenant, notre tenue vestimentaire ne ferait guère de différence, et nous étions tous trop fatigués pour enfiler nos jeans et nos pulls.

Passé la clôture, je restai près de Josh, de peur de le perdre dans le brouillard. J'entendais les voix de nos camarades qui descendaient déjà la colline, sans parvenir à les discerner.

– C'est sinistre, hein, fit-il.

Je frissonnai et frottai mes bras nus.

– Ouais, mais ça nous évitera peut-être de nous faire repérer, dis-je en claquant des dents.

Je trouvais très mystérieux que, chaque année, trente pensionnaires rentrent au lycée au petit matin, saouls et en tenue de soirée, sans jamais se faire prendre.

Nous traversâmes le terrain de foot en diagonale pour nous réfugier à la lisière du bois, où nous nous arrêtâmes le temps de reprendre haleine. Tout était silencieux ; on n'entendait que le souffle de nos respirations, comme si le brouillard affectait aussi les sons.

Nous n'avions plus qu'à longer les arbres jusqu'aux premiers dortoirs, dont Billings faisait partie. Plus nous approchions du but, plus je tremblais ; mes os s'entrechoquaient. Si je me faisais prendre, ce serait la fin de tout !

– Vous êtes prêts ? lança Dash à la cantonade.

Et voilà. Encore quelques secondes, et nous serions à l'abri.

– Allez-y !

À ce signal, tout le monde se baissa et se mit à courir. Josh agrippa ma main tandis que nous franchissions les derniers mètres à découvert entre l'orée du bois et le mur ouest de la maison Dayton, un dortoir de filles. Nous nous adossâmes enfin à la paroi de brique glacée, essoufflés mais triomphants. Le brouillard était moins dense entre les bâtiments. J'allais quitter Josh pour rejoindre Billings quand je m'aperçus que les visages de mes amis étaient éclairés de rouge et de bleu, par intermittence.

– Qu'est-ce que c'est ? demanda quelqu'un.

– Attends ! me lança Josh.

Il me lâcha la main et se faufila jusqu'au coin du bâtiment. Il commença par passer la tête, puis les épaules avant de sortir à découvert.

– Oh, mon Dieu ! fit-il.

Je reçus un coup au cœur.

– Quoi ?

À ce moment-là, même la peur d'être pris n'aurait pu nous empêcher de satisfaire notre curiosité. Nous rejoignîmes Josh à pas feutrés. En découvrant la scène de l'autre côté du bâtiment, je faillis tomber à genoux et luttai contre une terrible envie de m'enfuir.

Il y avait des voitures de police partout. Dans la cour, entre les dortoirs, et même sur la pelouse. Le lycée au grand complet paraissait s'être rassemblé dehors. Certains élèves étaient habillés, d'autres, en pyjama ou en chemise de nuit. Ils chuchotaient et regardaient, comme hébétés, les policiers aller et venir parmi eux en parlant à voix basse ou en criant des ordres.

– On est morts ! murmura quelqu'un derrière moi.

J'étais du même avis. Visiblement, toutes les voitures de police dans un rayon de cent kilomètres avaient été appelées sur les lieux. Et pourquoi pas ? Trente élèves manquaient à l'appel. Trente des rejetons les plus privilégiés du pays. La réaction des autorités se devait d'être à la hauteur.

– Ils ne sont pas là pour nous, murmura Josh. Regardez.

Il avait raison. Quelques élèves étaient assis sur des bancs, les yeux écarquillés et la bouche entrouverte. D'autres pleuraient. Trois filles en étreignaient une quatrième devant l'entrée de Bradwell. Quelque part, non loin, quelqu'un sanglotait.

– Que se passe-t-il ? demanda Dash.

– Allons voir.

Dash, Gage, Josh, Whit et plusieurs autres garçons partirent au pas de course. Je restai plantée sur place avec les filles, un seul mot présent à l'esprit.

– Thomas...

Je me tournai vers Noëlle. Sa peau était aussi blanche que le brouillard environnant. Elle regardait fixement derrière moi.

– Tu crois que c'est...

Des pas pesants m'empêchèrent de terminer ma phrase. Une main s'abattit sur mon épaule et je fus prise de panique.

– Reed, dit Josh d'une voix brisée. Reed.

Je pivotai lentement. Je ne voulais pas le regarder : j'avais peur de lire dans ses yeux ce que j'avais déjà entendu dans sa voix.

Il haletait et son visage ruisselait de larmes.

– C'est Thomas, dit-il. Ils l'ont retrouvé. Reed, il est... Thomas est mort.

Je fermai les yeux et serrai les poings si fort que je sentis mes ongles entamer la peau de mes paumes. J'implorai en silence mon cœur de continuer à battre. J'ordonnai à mes poumons de se remplir d'air. Je regardai mes mains et ma nouvelle bague qui scintillait dans la lumière des gyrophares. Je m'efforçai de me concentrer là-dessus, et rien que là-dessus.

Je savais que si j'ouvrais la bouche, que si je l'entrouvrais seulement, je me mettrais à hurler. Je me mettrais à hurler pour ne plus jamais m'arrêter.

À suivre...

À suivre dans Campus, tome 3

Décision

J'avais beau être complètement sonnée, j'apprenais encore des choses. Par exemple, que les regards curieux des badauds sont moins crispants quand on n'a dormi que quarante-cinq minutes en trois jours. Que le responsable de la cafétéria déteste trouver une élève prostrée sur les marches du bâtiment, lorsqu'il vient l'ouvrir au petit matin. Que les Cheerios gonflent quand on les laisse tremper dans le lait. Si on les regarde fixement pendant plusieurs minutes, on peut même assister à leur transformation.

Quelques jours s'étaient écoulés depuis l'enterrement de Thomas. Je n'avais pour ainsi dire rien avalé, et je n'avais pas davantage fermé l'œil. J'avais des cernes impressionnants sous les yeux, et j'oscillais en permanence entre l'évanouissement et la crise de larmes.

La porte de la cafétéria s'ouvrit soudain. Je levai machinalement la tête. Mon esprit embrumé me joua un vilain tour, et je crus reconnaître Thomas. Une fraction de seconde me suffit pour réaliser mon erreur. Je me retins de hurler. Non : ce n'était pas Thomas. Ça ne pouvait pas être Thomas. Ça ne serait plus jamais Thomas ! J'allais devoir me faire une raison.

– Ça va ?

Josh était debout à l'extrémité de la table vide. Il portait un plateau couvert de beignets, encerclant un bol de chocolat chaud. Ce garçon absorbait plus de sucre avant neuf heures du matin qu'un gamin de cinq ans en une journée.

– Mmh, grommelai-je. Tu n'aurais pas un oreiller ?

Je repoussai mon plateau, posai les coudes sur la table et inspirai à fond pour réprimer une nausée. Josh s'assit en face de moi, ôta la bandoulière de son sac et le posa par terre. Il portait un polo à rayures bleues et jaunes taché de peinture et il était craquant, avec ses cheveux ébouriffés.

« Craquant ? » J'eus envie de me gifler. Thomas était mort. Je n'étais pas censée trouver quiconque craquant.

Josh se baissa pour farfouiller dans son sac. Il se releva, plaqua une main devant sa bouche ouverte, puis but une gorgée de cacao.

– Qu'est-ce que c'était ? demandai-je.

– Des vitamines. Un cachet par jour, et je garde une forme olympique. Jamais de docteur...

– Tu es le fils idéal, ironisai-je.

– Dis-le à mes parents, répliqua-t-il, pince sans rire.

Je souris, constatant avec surprise que j'en étais encore capable, malgré mon état semi-comateux.

Josh inclina légèrement le buste en avant pour me parler. Je l'imitai.

– J'ai réfléchi et j'ai décidé de suivre le conseil de Noëlle, chuchota-t-il. Je vais aller trouver les flics.

Sans rien ajouter, il mordit dans un beignet saupoudré de sucre glace et pulvérisa de la poudre blanche tout autour de lui. Je le regardai, incrédule. Venait-il vraiment de me dire, sur ce ton badin, qu'il allait dénoncer Thomas ? J'étais incapable d'avaler une bouchée, et lui, il se goinfrait de beignets comme si de rien n'était... En fait, je n'en revenais pas de voir Josh faire preuve d'un tel sang-froid. Thomas et lui partageaient leur chambre. Ils étaient amis. Et pourtant, je ne l'avais pas vu verser une seule larme depuis que nous avions appris sa mort. Enfin, ça ne voulait pas dire grand-chose : peut-être sanglotait-il toutes les nuits, seul dans son lit.

– Tu crois que c'est nécessaire ? demandai-je.

– Noëlle a raison, dit-il en mastiquant. Le mec louche dont elle parlait... Tu sais, le fameux Rick... C'était le fournisseur de Thomas, et c'est un vrai cinglé. Je serais prêt à parier qu'il est mouillé dans cette affaire.

Je pris une profonde inspiration, me redressai, puis m'affaissai de nouveau.

– Je ne sais pas, Josh... Est-ce que tu veux vraiment que les parents de Thomas apprennent ces horreurs sur son compte ? Je sais que ce n'était pas un enfant de chœur, mais il faisait des efforts pour changer. Il t'a dit qu'il allait en désintioxication, le jour de son départ ?

– Pardon ? lâcha-t-il, hilare.

Je sentis le rouge me monter aux joues.

– Quoi ?

Josh but une gorgée de cacao et me fit un clin d'œil par-dessus son bol. Puis il le reposa et son visage se décomposa, comme s'il venait seulement de comprendre :

– Excuse-moi... Tu étais sérieuse ?

– Oui, dis-je, horriblement vexée.

Il s'essuya les mains sur son jean avant d'enchaîner :

– Reed, je déteste avoir à te dire ça, mais Thomas n'avait absolument pas le projet d'aller en désintoxication. Il était tellement saoul le dernier soir qu'il a passé ici qu'on aurait pu l'essorer et servir à boire à toute une tablée.

Tandis que j'enregistrais ces mots, le décor de la cafétéria se mit à tourbillonner autour de moi à une vitesse fulgurante. Incapable de focaliser mon regard, je fermai les yeux.

– Comment... fis-je, la bouche sèche.

– Quand je suis revenu de la bibliothèque, il était en train de s'engueuler au téléphone avec Rick, murmura Josh. Il était tellement déchiré qu'il tenait à peine debout.

C'est pour ça que je me dis que Noëlle a raison. Thomas était furieux, et il a pu dire des trucs qu'il aurait gardés pour lui s'il n'avait pas été dans un tel état. Je n'en ai pas pensé grand-chose sur le moment, parce que ces deux-là passaient leur temps à se prendre la tête, sous n'importe quel prétexte. Mais peut-être que cette fois, Thomas a passé les bornes et qu'il a mis Rick vraiment hors de lui.

Je pressai ma paume contre mon front, m'efforçant d'y voir clair. Thomas était saoul ? Pourtant, il m'avait paru sincère lorsqu'il m'avait confié qu'il voulait arrêter de boire. Puis il m'avait laissé cette lettre, dans laquelle il m'annonçait qu'il allait passer quelque temps dans un centre de désintoxication. Est-ce que ce n'était qu'un tissu de mensonges ?

– Je n'y comprends rien, dis-je tout haut.

– À quoi ? demanda Josh.

Je ne répondis pas aussitôt, poursuivant ma réflexion : « Pourquoi Thomas m'aurait-il laissé une lettre s'il n'avait pas prévu de partir ? J'aurais été folle de rage si j'avais trouvé son mot le soir-même, et croisé Thomas sur le campus le lendemain. Il avait donc forcément prévu d'aller quelque part. Mais où ? »

– Ce n'était peut-être qu'un dernier sursaut, suggérai-je. Peut-être qu'il a voulu s'offrir une dernière cuite avant de partir en désintoxication...

Ça sonnait faux. Je m'en rendis compte en le disant, et je notai à son expression que Josh était de mon avis.

– Reed, pourquoi es-tu si certaine que Thomas avait prévu d'aller en désintoxication ? me demanda-t-il doucement.

À cet instant, la porte de la cafétéria s'ouvrit et un rayon de soleil filtra jusqu'à nous. Noëlle, Ariana, Taylor et Kiran entrèrent dans la salle et rejoignirent la queue du self-service. Je devais faire vite si ne voulais pas qu'elles entendent ce que j'avais à dire. Pas question de leur donner du grain à moudre.

– Il m'a laissé un mot, confessai-je rapidement. Je l'ai trouvé dans un de mes livres. Il m'y annonçait son départ, et me demandait de ne pas chercher à le retrouver. Il prétendait qu'il partait le soir-même dans un centre de cure.

Josh s'esclaffa et secoua la tête :

– C'est du Pearson tout craché ! Je parie que la dernière phrase qu'il a prononcée était un mensonge.

– Pourquoi tu dis ça ? protestai-je.

Josh me regarda comme s'il venait seulement de réaliser à qui il s'adressait.

– Non, pour rien. Oublie.

– Josh...

– C'est juste que...

Il chiffonna une serviette et la serra dans son poing.

– Je crois que Thomas ne mesurait pas la chance qu'il avait d'être avec toi, c'est tout.

J'ouvris et refermai brusquement la bouche. Josh me regardait avec insistance. Il semblait sincère. J'étais à la fois flattée et stupéfaite. Il avait insinué que Thomas n'avait cessé de me mentir... juste avant de me faire un superbe compliment.

– Reed, il faut que tu montres cette lettre à la police, dit-il.

– Qu'est-ce qui te fait croire que je l'ai pas déjà montrée ?

– Tu l'as fait ?

– Non, admis-je, penaude.

– C'est une preuve, insista Josh. Ce sont peut-être les derniers mots que Thomas a écrits. Ça peut servir à l'enquête.

Mon estomac fut pris de spasmes. Je redoutais ce moment depuis des semaines, mais Josh avait raison, c'était évident. D'ailleurs, je n'avais gardé le secret sur cette lettre que pour protéger Thomas. Pour lui éviter d'être traqué par ses parents. Ça n'avait plus de sens aujourd'hui.

– Tu as raison. J'irai voir les enquêteurs tout à l'heure, après le culte du matin.

Cette décision me réconforta momentanément. Je n'étais pas tranquille à l'idée d'avouer aux policiers que je leur avais caché quelque chose, mais j'avais hâte de me délivrer de ma culpabilité. Thomas m'avait menti, et qui sait jusqu'à quel point ? De plus, là où il était, il n'avait plus besoin de ma protection. Il était temps que je règle cette histoire, une bonne fois pour toutes.

À paraître en septembre 2008

Cet ouvrage a été mis en pages
par DV Arts Graphiques à La Rochelle

Impression réalisée par

CPI
BRODARD & TAUPIN

La Flèche

en novembre 2010
pour le compte des Éditions Bayard

Imprimé en France
N° d'impression : 60979